Cat. de Nyon. 8762.
Double a vendre.

HISTOIRE

DU PRINCE

ADONISTUS.

HISTOIRE
DU PRINCE
ADONISTUS.

Par Madame la Marquise DE L***. (Lambert)

Tirée des Manuscrits de Madame la Comtesse
de Veruë.

A LAHAYE,
Chez D'HONDT, Libraire.

M. DCC. XXXVIII.

HISTOIRE
DU PRINCE
ADONISTUS.

L E Roi Garanus régnoit
en Libie. Les auteurs
contemporains qui ont parlé
de lui, ont seulement appris
qu'il avoit fort peu d'esprit, ne
se mêloit de rien, & ne songeoit
qu'à boire & manger, dormir,
& aller à la chasse. La Reine
sa femme gouvernoit l'Estat;
sa capacité égaloit sa beauté,
sa famille étoit nombreuse :

A

elle avoit eu la premiere année de son mariage sept gar-
çons jumeaux, & en étoit
demeurée là. Ils étoient tous
aussi beaux que leur mere; &,
dès l'enfance, on remarquoit
en eux des présages certains
de leur future grandeur. L'é-
ducation ne leur manquoit
pas, les plus habiles Maîtres
secondoient les présens que
la nature leur avoit faits; mais
entre tous se distinguoit
Adonistus; la taille noble,
l'air grand, la beauté du visage, la délicatesse des traits,
tout engageoit à l'aimer; sa
force & son adresse le faisoient admirer dans tous les
exercices du corps; il rem-

portoit tous les prix dans les
courses de la bague, dans les
combats à la barriere ; & sou-
vent il évitoit par modestie,
de paroître dans les jeux pu-
blics avec ses freres, & refu-
soit des lauriers dont il ne
pouvoit se couvrir qu'à leurs
dépens. La Reine sa mere
l'aimoit avec passion ; elle
alla elle-même au Temple
de Jupiter Ammon consulter
l'oracle sur la destinée de son
fils ; ce Temple fameux par
toute la terre, étoit à quatre
journées de la Ville où de-
meuroit la Reine ; il falloit
pour y aller, traverser des
campagnes d'un sable brû-
lant, sans esperance d'y trou-

ver aucun rafraîchissement.

La Reine, après une grande fatigue, arriva à la porte du Temple ; elle y entra, & fut frappée d'horreur & de respect par l'obscurité du lieu & le silence qui y régnoit ; on y voyoit une Statuë de Jupiter plus grande que le naturel entre deux petites lampes qui rendoient une lumiere sombre, plus triste que les tenebres. La Prêtresse avoit été avertie ; on la vit aussi-tôt sortir de son antre, échevelée, les yeux hagards & déja pleine du Dieu qui l'alloit inspirer : Reine ! s'écria-t-elle, sans attendre qu'on l'interrogeât, ton fils

Adoniſtus ſera Roi avant ſes freres ; cet oracle excita une grande jalouſie dans ſa famille : qu'a-t-il donc plus que les autres, diſoient ſes freres? Et quel mérite ſi éclatant l'éclaire au-deſſus de nous ? Adoniſtus avoit vingt ans, il ſe jetta aux pieds de la Reine : Madame, lui dit-il, permettez-moi d'aller chercher loin d'ici la Couronne qui m'eſt deſtinée, j'éviterai la colere de mes freres, & peut-être qu'en cherchant des occaſions de gloire, j'avancerai l'accompliſſement de l'Oracle. Allez, mon fils, lui dit la Reine en l'embraſſant, vous avez toute ma tendreſſe,

allez mériter mon eftime :
commencez vos voyages par
l'Arabie heureufe, un de vos
parens y regne, fon grand
pere & le mien étoient freres,
allez paffer quelque temps
dans fa Cour, vous y apprendrez à regner, puifque l'O-
racle vous y deftine.

Adoniftus partit quinze
jours après, avec un équipage
digne de fa naiffance, & il
eut la confolation de mener
avec lui un jeune Seigneur
nommé Arifton, que fa fa-
geffe égaloit aux Vieillards.
Arifton avoit beaucoup
voyagé, & avoit paffé deux
ans à la Cour d'Arabie. Il
gagna à fon retour l'amitié &

la confiance d'Adoniftus qui
lui découvroit tous les fecrets
de fon cœur ; ils partirent,
traverferent les fables de Libie, & entrerent en Egypte,
ils virent la Ville d'Alexan-
drie, & ces pyramides qui ont
paffé pour l'une des fept mer-
veilles du monde. Après
avoir parcouru le pays que
le Nil arrofe, ils s'embarque-
rent fur la mer rouge, & deux
jours après aborderent fur les
Côtes de l'Arabie heureufe ;
c'eft un pays délicieux, la
bonté du climat, & la ferti-
lité de la Terre n'y laiffent
rien à defirer, ils trouverent
tout en armes; le Roi de l'A-
rabie déferte, avoit renou-

vellé d'anciennes prétentions
fur l'Arabie heureufe & il
étoit entré dans le pays avec
une puiffante armée. Ado-
niftus eut une joye infinie de
trouver fi-tôt une occafion
de pouvoir fignaler fa valeur;
mais fe faifant un plaifir fe-
cret de la faire connoître
avant qu'on fçût fon nom, il
refolut de laiffer tout fon é-
quipage dans le lieu où il
étoit; & accompagné feule-
ment d'Arifton, & des do-
meftiques qui lui étoient ne-
ceffaires, d'aller inconnu à
Medine Ville capitale de
l'Arabie heureufe pour s'informer où étoit campée l'armée du Roi, & prendre des

meſures pour executer ſon deſſein. En entrant dans La-meque, le premier objet qui ſe preſenta à ſa vûë, fut la Princeſſe Andramire dans un Chariot traîné par des che-vaux de Perſe; elle revenoit du Temple faire des vœux pour le Roi ſon pere. Ado-niſtus frappé d'admiration de la beauté de la Princeſſe, la ſalua profondément, & de-meura preſque immobile. Andramire ne fut pas moins ſurpriſe en le voyant, & fit arrêter ſon Chariot pour de-mander qui étoit ce jeune étranger. Adoniſtus lui ré-pondit avec beaucoup de reſpect, qu'il étoit Lybien.

& qu'ayant appris que le Roi de l'Arabie heureuse, étoit en guerre contre le Roy de l'Arabie déserte, il étoit venu pour avoir l'honneur de le servir. Les Dieux puissent-ils vous combler de leurs faveurs, lui dit la Princesse, & vous donner part aux victoires que je leur demande pour le le Roi mon pere.

Adonistus, transporté par les paroles d'Andramire, ne l'eut pas plûtôt perdu de vûë, qu'il partit pour se rendre à l'Armée. L'envie qu'il avoit d'acquerir de la gloire, étoit mêlée de sentimens bien plus vifs, &

qu'il ne connoiſſoit pas encore. Il trouva le camp du
Roi dans un tumulte épou-
vantable ; la bataille étoit
commencée , & le bruit
couroit que le Roi venoit
d'être pris. Adoniſtus vola à
ſon ſecours ; le Roi n'étoit
pas encore au pouvoir de
de ſes ennemis ; il ſe défen-
doit entouré de quinze ou
ſeize Seigneurs de ſa Cour,
qui ne l'avoient point aban-
donné.

Adoniſtus, le ſabre à la
main, s'élança au milieu des
ennemis, & en tua un grand
nombre ; donna ſon cheval
au Roi qui venoit d'avoir
le ſien tué ſous lui ; & ayant

paré un coup que le Roi alloit recevoir, il en fut lege-
rement blessé à l'épaule. Les
actions de ce nouveau Chevalier parurent si extraordinaires à tous ceux qui attaquoient le Roi, qu'ils les
crurent surnaturelles; car,
ne l'ayant pas encore re-
marqué, il leur parut une
Divinité qui venoit secourir le Roi : La terreur se ré-
pandit dans leurs cœurs, &
ralentit leur courage : D'autre côté, Amaindor, Roi
d'Aden, ayant eu le loisir
de ramasser les troupes qui
fuïoient, acheva d'épou-
vanter les ennemis; ils pri-
rent la fuite à leur tour;

tout fut taillé en piéces, le Camp pillé, & la victoire complette. Aussi-tôt que le Roi fut dans sa Tente, son premier soin fut de demander où étoit le Chevalier qui lui avoit sauvé la vie ? Comme personne ne le connoissoit, on ne lui en put apprendre de nouvelles ; le Roi le fit chercher dans tout le Camp ; on le reconnut à son habit lybien, différent de ceux des Arabes ; & la blessure qu'il avoit reçûe, étant trop legere pour l'empêcher de sortir, aussi-tôt qu'il fut pensé, on l'amena dans la Tente du Roi, qui étoit remplie de tous les Seigneurs

de la Cour ; à peine y fut-
il entré que Dorimante,
Seigneur Arabe, qui avoit
l'année précedente été Am-
baſſadeur auprès du Roi de
Lybie, & qui avoit lié une
amitié étroite avec Adoniſtus, ne pouvant moderer
les tranſports de joye que lui
cauſoit ſa vûë, courut audevant de lui : Ah ! Seigneur,
lui dit - il, c'eſt donc au
Prince Adoniſtus que nous
devons la vie du Grand
Roi de l'Arabie heureuſe.
C'eſt trop de bonheur en un
jour, lui dit le Roi en l'embraſſant, de trouver dans un
neveu que j'aimois ſans le
connoître, le Liberateur de

mon Etat, & un Héros à qui je dois la vie. Adoniſtus répondit aux loüanges du Roi avec un reſpect & une modeſtie qui achevérent de lui gagner tous les cœurs; il combla d'amitié Dorimante. Le Roi fit mille honnêtetés à Ariſton qui s'étoit diſtingué dans le combat; tous les Seigneurs de la Cour qui l'aimoient fort, furent charmés de le revoir. Le Roi préſenta Adoniſtus au Roi d'Aden : Ce Prince, dit-il à Adoniſtus, ne vous eſt pas moins obligé que moi, puiſqu'il doit épouſer ma fille. Adoniſtus fremit à ces paroles,

& s'étant retiré chez lui, ilſe trouva dans une mélancolie qu'il ne connoiſſoit point encore : Quels chagrins, me dévorent? diſoit-il à Ariſton; j'ai acquis plus de gloire que je ne pouvois m'en promettre ; & loin d'être content, je ſuis cent fois plus malheureux que je ne l'étois dans le tems que mes freres me perſecutoient; mes malheurs ont commencé dans le même moment que le Roi m'a appris qu'Andramire devoit épouſer Amaindor. Ariſton, je ſuis amoureux. Je l'ai découvert, Seigneur, lui dit-il; auſſi-tôt que vous avez vû Andramire,

mire, je me suis apperçû du
progrès que cette belle Princesse a fait dans votre cœur,
& je n'en ai point été sur-
pris, je connoissois ses charmes; j'ai fini mes voyages
par l'Arabie heureuse , il
n'y a que deux ans que j'en
suis revenu, la Princessealors
n'en avoit que quatorze, sa
beauté étoit déja merveil-
leuse , & je l'ai trouvé encore
augmentée : Mais, pourquoi
vous désesperer ? Andramire
ne connoît point Amaindór,
ce Prince ne l'a jamais vûë;
est - il sûr qu'ils se plaisent
l'un l'autre ? Si la Princesse
n'aime point le Roi d'Aden,
marquera-t-elle de la répu-

B

gnance à obéir aux ordres du Roi son pere ? Que vous prenez bien le caractere d'un amant , dit Ariston ! Vous-vous formez des monstres de tout, & voulez juger des sentimens de deux per-que vous ne connoissez point. Comme il étoit tard, Ariston se retira; & le Prince passa la nuit dans des agitations qu'il n'avoit point encore senties. Le lendemain, le Roi de l'Arabie déserte, qui s'étoit retiré à quelques lieuës de là avec le débris de son Armée, envoya demander une conférence au Roi de l'Arabie heureuse, qui la lui accorda : La paix

fut concluë, à condition
que le Roi de l'Arabie déferte, rendroit pluſieurs pla-
ces qu'il avoit priſes depuis
le commencement de cette
derniere Guerre, & que
pour ſûreté de ſa parole, il
donneroit ſon fils aîné en
ôtage, juſqu'à ce que le
Traité de paix fût exécuté.
Le Roi de l'Arabie heureuſe congedia auſſi-tôt ſon
Armée, & prit le chemin
de Medine, ſuivi du Roi
d'Aden, du Prince Ado-
niſtus, & le Prince Narbofan, c'eſt le nom du Prince
de l'Arabie déferte. Il trouva la Princeſſe Andramire à
une lieuë de la Ville, qui

B ij

venoit audevant de lui avec
toutes les Dames de la Cour;
elle étoit dans un Char avec
la Princeſſe Arianite, dont
la beauté auroit paru écla-
tante, ſi elle n'avoit pas été
effacée par celle d'Andramire. Le Roi embraſſa ten-
drement ſa fille & ſa niece;
& préſentant le Roi d'A-
den à Andramire : Voilà,
dit-il, un Prince que vous
devez regarder comme vo-
tre époux ; & voilà un Prince, ajoûta-t-il, en prenant
Adoniſtus par la main pour
le faire avancer, à qui vous
devez le Trône & la vie
de votre pere : La Princeſſe
rougit en reconnoiſſant l'ai-

mable inconnu qui avoit
fait tant d'impreſſion ſur ſon
cœur ; & ſentant un trou-
ble mêlé de douleur & de
joye, elle remercia Ado-
niſtus avec un embarras qui
la rendoit encore plus belle.
Arianite n'étoit pas moins
touchée qu'elle des agré-
mens d'Adoniſtus ; elle ne
ceſſa point de le regarder,
& vit avec dépit qu'il avoit
toujours les yeux attachés
ſur Andramire. Le Roi
d'Aden qui avoit auſſi-tôt
été touché de la beauté
d'Arianite, qu'elle l'étoit
de celle d'Adoniſtus, auroit
bien voulu attirer ſes regards : La douleur de voir

qu'ils étoient tous pour A-
doniftus, lui fit fentir de la jaloufie avant qu'il eût le tems
de s'appercevoir qu'il étoit
amoureux. Le Prince de
l'Arabie déferte fut auffi
préfenté aux Princeffes, le
Roi leur dit qu'il ne faloit
plus le regarder comme un
ennemi.

Le Roi fut reçû à Medi-
ne, avec des acclamations
extraordinaires ; il fit rendre
de grands honneurs au Prince Adoniftus, il l'appelloit
par tout fon liberateur. La
Princeffe Andramire fe retira dans fon appartement
avec Arianite qu'elle aimoit
fort, & qui ne la quittoit

point; cette jeune Princesse
avoit été élevée avec elle;
sa mere étoit morte en ac-
couchant d'elle, & le Prince son pere, qui ne l'avoit
survêcu que trois ans, avoit
prié le Roi de l'Arabie heureuse, dont il étoit frere, de
se charger du soin de l'édu-
cation de sa fille, & de lui
conserver la Province dont
il la laissoit héritiere. Cette
Princesse, quoique moins
belle qu'Andramire, joi-
gnoit à une figure aimable
beaucoup d'esprit; elle étoit
fiere & imperieuse, douce
& souple quand cela étoit
nécessaire pour parvenir à
ses fins, ayant des vûës dans

tout ce qu'elle faifoit, fçachant feindre & diffimuler,
capable de former des def-
feins, & ne trouvant rien
de difficile pour en venir à
bout, habile dans les fcien-
ces plus que les femmes ne
le font ordinairement, pen-
fant finement & jufte, &
s'exprimant avec grace, mé-
nageant tout le monde, &
ne connoiffant d'autre amitié
que celle que fon interêt
lui faifoit avoir; elle étoit
grande, bien faite, avoit le
teint beau pour une brune,
les cheveux noirs & luftrés,
les yeux vifs & fpirituels,
le né aquilain, la bouche
ni grande ni petite, mais
fort

fort vermeille, la gorge &
les mains belles, & un grand
air de nobleſſe dans toute ſa
perſonne. Que vous ſemble
des Princes que nous venons
de voir? dit Arianite à Andramire qui ne parloit point.
Que je vous trouve heureuſe
d'être deſtinée à un homme
auſſi aimable qu'Amindor;
ordinairement on conſulte
peu les perſonnes de votre
naiſſance dans leurs maria-
ges; mais quand vous au-
riez choiſi vous-même, au-
riez-vous pû trouver quelque Prince auſſi parfait
qu'Amindor? Jamais je n'ai
vû une taille ſi noble; ſes
cheveux ſont d'un blond

ſemblable à ceux qu'on
donne à l'Amour ; ſes yeux
ſont d'une douceur inexpri-
mable : Quelle grace! quand
il ſourit, & qu'il laiſſe voir les
plus belles dents du monde!
Vous ne répondez rien? Que
dirois-je? Madame, le trouble
où m'a jetté la vûë du Roi
d'Aden, ne m'a pas permis
de le voir auſſi bien que vous
l'avez vû : Un engagement
pour toute la vie me fait trembler. Quand Amindor ſeroit
tel que vous le dépeignez,
je ne crois point mon cœur
capable de tendreſſe ; &
quand il pourroit ſentir,
la beauté n'eſt pas toujours
ſûre de nous toucher. Celle

d'Adoniſtus n'auroit - elle
point fait plus d'impreſſion
ſur votre cœur ? reprit
Arianite. Ah ! Que ſoupçonnez-vous ? dit Andramire
en rougiſſant ; j'ai pour A-
doniſtus la reconnoiſſance
que demandent les ſervices
qu'il a rendus à mon pere ;
mais je ſuis ſûre que mon
cœur n'ira jamais au - delà.
On vint avertir les Princeſſes que le Roi les deman-
doit ; il leur fit mille careſ-
ſes ; & les Princes y étant
arrivés, la converſation de-
vint generale. Auſſi - tôt
qu'Adoniſtus fut ſeul , il
appella Ariſton : Hé bien ,
lui dit - il , me diſputerez-

vous encore que je fuis malheureux ? Vous avez enten-
du ce que le Roi a dit à
Andramire : Elle va épou-
fer mon rival, & moi je
vais mourir de douleur ; je
fuis cent fois plus amou-
reux & plus à plaindre, que
je ne l'étois avant que d'a-
voir revû la Princeffe ; je
l'ai trouvée encore mille
fois plus belle qu'elle ne me
l'avoit parû. Quelle majef-
té dans fon air ! Elle ref-
femble à une Déeffe! Avec de
l'embonpoint, elle a la taille
fine ; l'éclat de fon teint é-
bloüit. Quels charmes a-
voient ces fleurs bleuës qui é-
toient mêlées dans fes beaux

cheveux blonds, & dont la couleur étoit effacée par celle de ses yeux ! En avez-vous jamais vû qui soient plus vifs & plus tendres ? Que d'attraits lorsque sa belle bouche laisse voir, quand elle s'ouvre, des perles & du corail ! Psiché étoit moins belle quand l'Amour brûla pour elle.

Vous vous affligez toujours sans raison, lui dit Ariston ; il n'y a rien de changé à votre destinée ; le Roi n'a dit à sa fille que ce qu'elle sçavoit déja, & ce que vous sçaviez aussi bien qu'elle : Vous n'avez point encore pû pénétrer les sentimens de la Princesse,

C iij

ceux d'Amindor ne ſont pas moins connus; on ne prépare point encore leur hymen : Attendez tout du tems, & des ſoins que vous rendez à Andramire; vous étes jeune & aimable, peut-être .... Eh ! quand j'aurois le bonheur de lui plaire, reprit le Prince, je n'en mourrois que plus miſérable, ſi je la voyois entre les bras de mon rival; mais je ne la verrai point, Ariſton; je lui ôterai la vie avant qu'il puiſſe poſſeder ma Princeſſe. Le Roi d'Aden n'étoit pas moins déſeſperé qu'Adoniſtus; il auroit pû ſe trouver heureux d'épouſer Andramire, s'il

n'avoit pas vû Arianite ; mais
il n'étoit plus capable d'aimer qu'elle, & il sentoit de
la répugnance à épouser la
Princesse de l'Arabie heureuse ; il avoit beau se re-
présenter que cette Princesse étoit d'une beauté parfaite, & les grands avanta-
ges qu'il trouvoit en l'épou-
sant, Arianite triomphoit
de son cœur malgré lui. Il
resolut pourtant de faire tous
ses efforts pour vaincre cette
passion ; & voulant com-
mencer à faire sa cour à Andramire, il se rendit à son
appartement aussi-tôt qu'on
y put entrer ; il trouva que
le Prince Narbosan y étoit

déja. Adoniſtus ne fut pas
long tems ſans y venir auſſi.
Le Roi voulant faire voir au
Roi d'Aden tout ce qu'il y
avoit de beau à la Cour,
donna un Bal magnifique
dans les jardins, tous les ar-
bres du Parc étoient éclai-
rés de lampes, ce qui rendoit une ſi grande lumiere,
qu'on voyoit mieux qu'en
plein jour. Andramire y parut ſi belle, que tout le monde ne pouvoit ſe laſſer de
l'admirer : Amindor com-
mença le Bal avec elle, &
Adoniſtus danſa avec Arianite. Que vous ſemble de
notre Cour, lui dit - elle?
Se trouveroit - il parmi les

belles perſonnes qui la com-
poſent, quelque choſe qui
fût digne du cœur d'Ado-
niſtus ? J'aurois bien mau-
vaiſe opinion d'un homme,
répondit ce Prince, qui con-
ſerveroit ſa liberté auprès des
perſonnes ſi propres à la
faire perdre. Amindor s'é-
tant approché d'Arianite,
Adoniſtus s'en éloigna, & alla ſe mettre auprès d'Andramire. Je ne ſçai, Madame,
dit Amindor, ſi je n'ai point
fait une indiſcrétion en in-
terrompant la converſation
que vous aviez avec Ado-
niſtus : Je lui parlois, répondit Arianite, des Dames
de la Cour, & je lui deman-

dois s'il les trouvoit belles.
Peut-on paroître belle auprès de vous, repartit le Roi
d'Aden ? Cette Cour eft
remplie de beautés à qui on
donne mille loüanges, je
les croi telles qu'on les dé-
peint ; mais mon cœur ne
trouve qu'Arianite d'aimable. Vous n'y penfez pas,
dit la Princeffe en rougiffant;
feriez-vous bien aife, Seigneur, qu'Andramire en-
tendît un femblable difcours?
Elle fe leva en finiffant ces
paroles, & laiffa Amindor
dans une confufion dont il
ne pouvoit revenir; fon a-
mour l'avoit emporté à faire
une déclaration à Arianite,

malgré toutes les réſolutions
qu'il avoit faites de lui cacher ſes ſentimens, il les a-
voit découverts, & s'étoit
attiré ſa colere; la douleur
qu'il en ſentoit, le fit ſortir
du Bal, en feignant de ſe
trouver mal; il croyoit avoir
remarqué qu'elle avoit eu du
dépit, quand il avoit interrompu ſa converſation avec
Adoniſtus : Elle l'aime,
s'écrioit-il, tranſporté de
colere, & c'eſt de regret de
ce qu'il l'a quittée, & que
j'en ſuis la cauſe, qu'elle m'a
raité avec tant de rigueur :
Mais, quand elle l'aimeroit,
reprenoit-il, qu'aurois-je à
lui reprocher ? Arianite a
raiſon d'être en colere,

elle me regarde comme l'époux d'Andramire ; elle ressent l'injure que je fais à la foi que j'ai promise à cette belle Princesse : Voilà d'où vient sa cruauté ; plaise aux Dieux qu'elle n'ait point d'autre motif !

Le Bal étant fini, Narbosan qui n'avoit point quitté Andramire, lui donna la main pour la remener dans son appartement, & Adonistus se trouva forcé de remener Arianite dans le sien. Andramire ne fut pas plûtôi seule, qu'appellant Hérenice, c'étoit une fille qu'elle aimoit depuis son enfance : Que dis - tu, Hérenice, lui dit-elle, de

tout ce qui s'eſt paſſé au
Bal ? N'as – pas remar-
qué l'attention qu'Ado –
niſtus a eu de demeurer auprès d'Arianite ? La converſation qu'ils ont eu enſem-
ble ? Le chagrin qui a paru
dans ſes yeux, quand le Prince a été interrompu par A-
mindor ? Et que forcé de la
quitter, il s'eſt venu mettre
auprès de moi ? D'où vient,
Madame, dit Hérenice en
riant, que vous ne parlez
point du Roi d'Aden ? Sa
converſation avec Arianite,
a été plus longue que celle
d'Adoniſtus ; vous devez
prendre quelqu'interêt au
cœur de ce Prince, & vous

ne m'en paroiſſez point in-
quiette ? Cruelle Hérenice,
reprit la Princeſſe ! Pourquoi
me fais - tu appercevoir
de ma foibleſſe ? Je veux me
la cacher , je rougis du trouble où tu me vois; je dois
aimer Amindor ; Adoniſtus
me doit être indifferent :
mais diſpoſe - t - on de ſon
cœur comme on le veut? Tu
ſçais l'impreſſion qu'il a fait
ſur le mien dès le moment
que je l'ai vû ; je t'ai cent
fois parlé de l'aimable inconnu qui occupoit ſi agréa-
blement toutes mes idées;
tu ſçais le plaiſir que
j'ai pris à m'en entretenir
avec toi; je croyois devoir

à l'envie qu'il avoit de rendre ſervice au Roi mon pere,
tous les ſentimens que mon
cœur avoit pour lui ; mais
tu les avois pénétrés, pourquoi ne me les as-tu pas fait
connoître? Il m'eût été plus
facile de les vaincre dans
leur naiſſance : J'aurois rou-
gi d'aimer un inconnu qui
pouvoit être d'un ſang vil,
indigne de mon rang , &
que je ne devois jamais revoir : mes engagemens avec
le Roi d'Aden , dont mon
pere m'avoit parlé avant ſon
départ, euſſent eu ſur mon
cœur encore plus de force
qu'ils n'ont préſentement.
Tu aurois effacé une paſ-

ſion qui fera tout le malheur
de ma vie : Car, enfin, Hérenice, juge toi-même, ſi,
ayant aimé Adoniſtus in-
connu, je puis ceſſer de l'aimer, quand je trouve dans
le même Etranger, un Grand
Prince à qui je dois la vie
de mon pere, & le Trône :
Non, je ſens bien que je l'ai-
merai malgré moi toute ma
vie. Vois tous les malheurs
où tu me livres par ton ſi-
lence. Aide-moi du moins
par tes conſeils à les ſoûte-
nir ; affermis-moi dans la
réſolution où je ſuis d'épouſer le Roi d'Aden, quand
je devrois en mourir de douleur. Vous avez des ſentimens

mens dignes d'un cœur comme le vôtre, reprit Hérenice, & vous-vous dites, Madame, tout ce que je pourrois dire; j'eſpere pourtant que vous ne ſerez pas ſi malheureuſe que vous le croyez; votre mariage eſt arrêté, mais on n'a pas encore fixé le tems de l'accomplir; je ne croyois point Adoniſtus amoureux d'Arianite; s'il eſt reſté quelque tems auprès d'elle, il y étoit obligé par bienſéance; le Roi d'Aden danſant avec vous, Adoniſtus ne pouvoit pas laiſſer Arianite ſeule; auſſitôt qu'il l'a pû quitter, il eſt venu avec vous : ſi j'a-

D

vois à juger que quelqu'un
fût amoureux d'Arianite,
ce ne feroit pas Adoniftus.
Hé ! Qui donc ? reprit la
Princeffe : Amindor, répli-
qua Hérenice ; ou je m'y
connois mal, ou il parloit
à Arianite de quelque chofe
qui l'intereffoit fort ; appa-
ramment que la réponfe
d'Arianite ne lui a pas plû,
je l'ai vû changer de couleur, Arianite l'a quitté, & je
crois que voilà la caufe du
prétendu mal, & du fujet qui
l'a fait fortir du Bal. Qu'il aime Arianite, j'y confens, dit
la Princeffe, & qu'Arianite
l'aime ; mais je crains bien
de n'être pas affez heu-

reuse pour que cela arrive.
Comme il étoit tard, Hé-
renice força la Princesse à
se mettre au lit ; elle dor-
mit peu ; & s'étant levée de
bonne heure, elle descendit
avec Hérenice dans les jardins où elle trouva Arianite
& Adonistus, qui étant aussi occupés qu'elle des différentes pensées qui les agi-
toient, s'étoient levés pour
aller prendre l'air, & s'é-
toient trouvés dans le jardin.
La politesse n'avoit pas permis à Adonistus d'éviter
Arianite ; & quand il l'auroit pû, il ne l'auroit pas
voulu, étant bien aise de
ménager son amitié, dont il
D ij

croyoit qu'il pourroit avoir
befoin. Il n'y avoit qu'un
moment qu'ils étoient en-
femble, quand Andramire
arriva , elle fut troublée de
cette rencontre ; mais fe re-
mettant un peu : Je fuis bien
aife, leur dit-elle, de voir
que je ne fuis pas la feule
qui préfere la beauté de la
promenade au fommeil : Ne
cherchez-vous point auffi la
folitude, dit Arianite ? Une
perfonne qui fe leve fi ma-
tin, ne la doit point haïr ;
on ne peut point vous re-
procher de rechercher la retraite, repartit Andramire ,
vous fçavez trouver de la
compagnie de bonne heure.

Je venois joüir de la fraicheur que nous donne le lever de l'aurore, dit Adoniſtus, quand j'ai trouvé la Princeſſe Arianite. Et moi, que venois-je chercher, reprit Arianite, en ſoûriant? Vous ne m'avez rien laiſſé à dire ni l'un ni l'autre, ainſi vous imaginerez tout ce qu'il vous plaira. Ces trois perſonnes parlerent enſuite de la Chaſſe qui ſe devoit faire l'après dînée; & le ſoleil ayant paru, elles ſe retirerent.

Hé bien! Herenice, dit Andramire, quand elle fut ſeule, diras-tu encore qu'Adoniſtus n'aime point

Arianite ? Je dirai, Madame, reprit-elle, que leur
rencontre à une heure ſi ex-
traordinaire, a quelque choſe de ſingulier, mais elle
peut être un effet du hazard,
le Prince a pris le ſoin de
vous le faire entendre ; &
il ſemble que la frayeur qu'il
a de vos ſoupçons, eſt plus
obligeante pour vous, que
pour Arianite : C'eſt bien
le contraire, reprit Andramire ; le ſoin qu'il a pris de
ſe juſtifier, marque bien qu'il
eſt amoureux d'Arianite ;
s'il ne l'aimoit point, il ne
craindroit pas qu'on ſoup-
çonnât quelque choſe de
leur rencontre ; c'eſt une ſui-

te de la conversation du Bal. Que je suis heureuse, Hérenice , qu'Adonistus s'attache à cette Princesse ! S'il m'avoit aimée, que j'aurois eu de peine à lui cacher l'inclination que j'ai pour lui ! J'aurois été cent fois plus malheureuse que je ne la suis; son amour m'auroit pû toucher; j'aurois toujours craint de lui laisser connoître mes sentimens : Il m'auroit fallu traiter avec rigueur un Prince dont j'aurois plaint le malheur; que la peine que je sens à donner ma main au Roi d'Aden, eût augmentée.

La chasse fut magnifique;

on prit trois cerfs dans la
Forêt qui joignoit le Parc.
La Princeſſe Andramire é-
tant fatiguée, deſcendit de
cheval pour ſe repoſer au
pied d'un arbre ; la Princeſſe
Arianite & Belenie, Prin-
ceſſe du Sang Royal, Ado-
niſtus, Amindor, Narboſan,
s'aſſirent auprès d'elle, a-
vec pluſieurs Seigneurs de
la Cour, & toutes les Dames
qui les ſuivoient. On fut
bien étonné de voir arriver
des Bergers galamment vê-
tus, qui portoient dans des
corbeilles ornées de fleurs,
les plus beaux fruits du monde, qu'ils vinrent préſenter
à Andramire ; ils étoient
ſuivis

ſuivis d'autant de Bergeres
qui portoient des corbeilles
remplies des mêmes fruits
glacés. Cette troupe étoit fer-
mée par des Dieux marins &
des Nayades, qui préſenté-
rent auſſi à Andramire, dans
des grands vaſes de criſtal,
toutes ſortes d'eaux & li-
queurs les plus délicieuſes &
les plus inconnuës. Andramire ne pouvoit ſe laſſer d'admirer la galanterie de cette fête
champêtre. Les Dieux & les
Bergers de ces Bois ont vû,
lui dit Adoniſtus, la plus belle
Princeſſe du monde chaſſer
dans ces Forêts. Ils s'em-
preſſent à la rafraîchir de la
chaleur qu'elle a eſſuyée; &

E

vous prenant pour Diane,
ils vous viennent apporter
leurs offrandes. Tout le monde ne douta point à ce difcours, qu'Adoniftus ne fût
celui qui donnoit cette fête;
& Arianite en eut un dépit,
qu'elle eût eu peine à cacher,
fi elle n'avoit pas été accoû-
tumée à déguifer fes fentimens. Narbofan qui étoit
devenu amoureux d'Andra-
mire, n'étoit pas moins pi-
qué qu'Arianite; cependant,
forçant fon naturel colere,
qui, joint au chagrin qu'il
avoit, le rendoit de fort
mauvaife humeur, il loüa la
fête comme les autres. Il
n'y avoit qu'Amindor qui

fût content ; il ſentoit une joye infinie des ſoins qu'A-doniſtus prenoit de plaire à Andramire : cette Princeſſe étoit cent fois plus belle qu'elle ne l'avoit jamais été; & Adoniſtus la regardoit d'une façon ſi touchante , & lui diſoit des choſes ſi plei-nes de ſa paſſion, qu'elle n'auroit pû s'empêcher de s'appercevoir de celle qu'il avoit pour elle, ſi elle n'a-voit pas été perſuadée qu'il aimoit Arianite. Les grandes paſſions ſont reſpectueuſes, celle d'Adoniſtus étoit de ce caractére ; n'oſant déclarer ſon amour à Andramire, que par les ſoins de lui plaire,

E ij

il n'oſoit lui en parler ouverte-
ment. Les Princeſſes & toutes
les Dames qui les ſuivoient, é-
tant montées dans des chariots qu'on leur avóit amenés
pour retourner au Palais, les
Princes les ſuivirent à cheval.

La Princeſſe Arianite a-
voit envie d'être ſeule; &
contre l'ordinaire, elle quitta
Andramire, pour ſe retirer
dans ſon appartement. Me
ſuis-je trompée s'écria-t-elle,
lorſqu'elle fut en liberté de ſe
pouvoir plaindre? Me ſuis-je
trompée quand j'ai cru qu'A-
doniſtus me trouvoit quelques charmes? Dois-je à la
ſimple politeſſe ces atten-
tions que je lui trouve à me

plaire ? D'où vient, s'il m'aime, donne-t-il une fête à
Andramire ? Ne l'aimeroit-
il point? Je dois tout craindre; il ne s'eſt point encore
déclaré, cependant je m'a-
bandonne à la paſſion que
j'ai pour lui; l'eſperance d'en
être aimée, augmente mon
amour. Dieux ! Que devien-
drois-je, ſi je m'étois abuſée?
Il faut mettre tout en uſage, pour pénétrer malgré lui
les ſentimens de ſon cœur.

Narboſan, auſſi déſeſpéré
qu'Arianite, rêvoit en revenant du Palais, au rival
qu'il venoit de découvrir,
& prenant la réſolution de
déclarer ſon amour à An-

dramire. Cette Princesse paroît encore indifférente pour
tout ce qui l'environne,
difoit - il en lui - même : fi
j'étois affez heureux pour
toucher fon cœur, je ne ferois point effrayé de fes engagemens avec le Roi d'Aden,
& je fçaurois bien achever
d'affûrer mon bonheur ; il arriva au Palais , & alla à
l'appartement d'Andramire,
où Adoniftus & le Roi d'A-
den s'étoient déja rendus.
Ils la trouverent occupée
à effayer des habits pour le
Carousel qui fe devoit faire
le lendemain. Le Roi venoit
de nommer les Chevaliers
des Dames ; le Roi d'Aden

devoit être celui d'Andramire, Adoniſtus, celui d'A-
rianite, Narboſan, celui de
Belenie; Ariſton, Dorimante, & tous les autres Seigneurs, avoient auſſi chacun leurs Dames que le Roi
avoit nommées. Arianite
vint chez la Princeſſe, feignant de lui faire voir l'habit
qu'elle venoit auſſi d'eſſayer;
mais, en effet, pour voir ſi
Adoniſtus n'étoit pas avec
elle: Elle fut-très fachée de
l'y trouver; mais voulant
du moins lui ôter les occaſions de l'entretenir, elle
l'appella: J'ai à vous parler,
lui dit-elle, je m'intereſſe
au malheur d'un Officier

qui n'a point été récompen-
sé des belles actions qu'il a
faites dans la derniere Guerre ; elle le pria de parler au
Roi de cet homme, & lui
dit que personne n'étoit plus
propre que lui à obliger le Roi
à lui faire quelque grace. A-
donistus accepta avec plaisir cette commission, étant
bien aise d'avoir les occasions d'obliger Arianite, de
qui il vouloit gagner la confiance : Tout ce que vous
m'ordonnerez, Madame,
lui dit-il, me paroîtra toujours aisé à exécuter ; je serois trop heureux, si je pouvois me rendre digne de
l'amitié dont vous m'hono-

rez. Je vous aſſûre reprit-
elle, qu'il n'y a rien que
vous n'en puiſſiez attendre.
Que je ferois heureux, Madame, repliqua Adoniſtus,
ſi après ces aſſûrances, je
pouvois compter que votre
cœur s'intereſſât à ce qui
me regarde, & qu'il voulût
bien penetrer dans les ſecrets
du mien! Arianite rougit,
& ſon trouble augmentant
à tout moment : Parlez,
Seigneur, lui dit-elle, parlez ; vous ne ſçauriez rien
craindre qui me ſoit indifférent. Apprenez donc,
Madame, lui dit-il, que je ſuis
le plus amoureux de tous
les hommes ; j'aime Andra-

mire, mais d'une paſſion ſi
reſpectueuſe, que je n'oſe la
lui déclarer; elle me traite
avec une indifférence qui me
déſeſpere; ſi elle m'aimoit,
elle liroit dans mes yeux
les ſentimens de mon cœur;
mais elle ne daigne pas ſeulement s'appercevoir de ce
que je fais pour lui plaire; je
ſuis prêt de la voir entre les
mains de mon rival : Ayez
pitié de l'affreux état où je
me trouve; faites lui connoître ma paſſion, obtenez,
s'il ſe peut, qu'elle la ſouffre;
qu'elle me donne au moins
la conſolation de lui dire
une fois, que je l'adore depuis le premier moment que

je l'ai vûë : Et pardonnez-
moi, Madame, ſi je ne vous
ai pas plûtôt laiſſé voir mon
ame toute entiere ; mais ſi
vous ſentez jamais ce que
c'eſt que l'amour, vous m'ex-
cuſerez , & vous verrez
qu'on ne doit jamais déclarer ſa paſſion , ſi on n'y eſt
forcé par une néceſſité in-
diſpenſable , telle que celle
où je ſuis ; je n'ai d'eſperance qu'en vous, vous avez
toute la confiance d'Andramire ; & ſi vous avez pitié
d'un ami malheureux , ſes
malheurs ne peuvent du-
rer long tems. Arianite n'a-
voit pas eu la force d'inter-
rompre Adoniſtus ; le déſeſ-

poir ; la honte, le dépit agi-
toient si fortement son cœur,
qu'elle avoit peine à s'empêcher d'éclater ; cependant,
faisant un effort sur elle-même, afin de se reserver une
vengeance assûrée, elle prit
un visage rempli de douceur,
plaignant le malheur d'A-
donistus ; elle l'assûra qu'elle alloit tout mettre en œu-
vre pour le faire finir; mais
gardez-vous bien, lui dit-
elle, de rien dire à Andramire qui lui fasse deviner
vos sentimens ; c'est une
Princesse fiere, qui ne vous
pardonneroit jamais; je connois son humeur, laissez-
moi la ménager, je vous

avertirai quand il fera tems
de vous déclarer. Adonifttus
fit mil remercimens à Arianite ; s'il avoit ofé, il fe feroit jetté à fes pieds pour lui
marquer fa reconnoiffance.

Le caroufel fut magnifi-
que : La beauté, la bonne
grace, & l'adreffe d'Andramire, furent admirées de
tout le monde. Arianite mé-
rita auffi des loüanges ; &
la Princeffe Belenie, qui a-
voit une figure fort agréable,
une belle taille, l'air noble,
& de la grace à tout ce qu'-
elle faifoit, y brilla auffi
beaucoup. Comme Ado-
niftus étoit le Chevalier d'A-
rianite, il eut le tems de lui

rendre compte de la com-
miſſion qu'elle lui avoit donnée, & que le Roi avoit
comblé d'honneurs & de faveurs, l'Officier pour lequel
il lui avoit parlé. Il ſuffit,
Madame, lui dit - il, que
vous vous intereſſiez à quelqu'un, pour qu'il devienne
heureux. Laiſſeriez - vous
Adoniſtus ſeul miſérable ?
N'avez-vous pas trouvé l'occaſion de parler de moi à
Andramire ? Que vous a-
t-elle dit ? Ce n'eſt pas le
lieu, Prince, lui répondit-
elle, de vous rendre compte de ce que j'ai fait pour
vous, trop de perſonnes nous
entourent; auſſi-tôt que nous

ſerons retournés au Palais, je
vous inſtruirai de tout. Il fal-
lut bien qu'Adoniſtus modé-
rât ſon impatience; il ſe con-
ſola en regardant Andramire, ſur qui il eut toujours les
yeux attachés.

Le Carouſel fini, toutes les
Dames ſe placerent ſur un
amphithéâtre qu'on avoit
préparé pour voir les cour-
ſes de bagues & de chariots
qui devoient terminer la fête. Dans le milieu de l'amphithéâtre, étoit une eſpéce
de Trône, où étoit aſſiſe la
Princeſſe Andramire, qui
devoit donner le prix de la
courſe de bague. A ſa droite
étoit aſſiſe la Princeſſe Aria-

nite, qui donnoit le prix de
la courſe de chariots ; & à
ſa gauche, Belenie. Le Roi
d'Aden parut le premier
dans la lice, ſa bonne mine
lui attira les regards de tout
le monde ; mais quand Adoniſtus ſe préſenta pour lui
diſputer le prix, on ceſſa de
le regarder. Jamais tant de
fierté ne s'eſt trouvée jointe
avec tant de beauté & d'a-
grémens ; tout le monde
faiſoit des vœux pour ce
jeune héros ; il avoit un habit blanc, couvert de broderie d'argent, ſes plumes
étoient auſſi blanches, & il
portoit pour deviſe dans ſon
Ecu, un Amour qui cachoit
                              ſon

ſon flambeau, & ſe voiloit de ſon bandeau, avec ces paroles, *le reſpect me fait taire.*

Le Roi d'Aden avoit un habillement bleu, c'étoit la couleur d'Andramire, la broderie & les diamans en relevoient l'éclat ; il portoit ſur ſa tête un bouquet de plumes bleuës ; il n'avoit rien de gravé ſur ſon Ecu, comme voulant témoigner à Andramire, qu'il attendoit ſa permiſſion pour y mettre ſa deviſe ; mais ſon deſſein étoit de faire voir à Arianite, que n'oſant y mettre la ſienne, il ne pouvoit ſe réſoudre à en porter une autre.

F

Ces deux rivaux, s'étant
regardés avec une fierté mêlée de colére, recommen-
cérent trois fois la courſe
avec un même avantage :
Enfin, Adoniſtus demeura
vainqueur; & le Roy d'Aden
s'étant retiré, outré de rage
& de dépit, le Prince Narboſan entra dans la lice; il
avoit un habit tout ſemblable à celui du Roy d'Aden,
& pour deviſe, un Soleil,
avec ces paroles, *j'efface tout
ce qui m'environne.*

Ces deux Princes, ayant
deviné mutuellement le ſujet des deviſes qu'ils portoient, ſe diſputerent long-
tems la victoire : Enfin, A-

doniſtus la remporta ; il
triompha encore de tous
ceux qui voulurent la lui
diſputer ; & étant demeuré
ſeul dans la lice, & ne ſe
préſentant plus perſonne,
il fut mené au bruit des inſ-
trumens & des acclamations
du peuple, recevoir des
mains d'Andramire, le prix
qu'il avoit ſi bien mérité :
Elle le lui préſenta avec tant
de fierté, que, ne doutant
point que cette rigueur ne
vînt de ce que lui avoit dit
Arianite, il en penſa mourir de douleur ; il lui baiſa
reſpectueuſement la main,
ſelon la coûtume des Tour-
nois, & ſe retira avec une

triftefle qui fut bien remar-
quée d'Andramire. Il feroit
plus content, difoit-elle en
elle-même, s'il avoit gagné
le prix qu'Arianite doit donner. Avec quelle indiffé-
rence a-t-il reçû celui qu'il
vient de remporter? Puis-je
me pardonner les fentimens
que j'ai eu pour un homme
fi peu digne de me plaire?

La courfe de bague ne
fut pas plûtôt finie, que
l'on commença la courfe de
chariots : Adoniftus & le
Roi d'Aden parurent en-
core les premiers fur les
rangs. On avoit préparé une
carriere bien fablée, qui a-
voit une demi lieuë de long,

fur cinquante pas de large,
enforte que deux chariots
y pouvoient courir de front
fans s'incommoder l'un &
l'autre; & au bout de la
carriere, on avoit élevé un
étendart royal, dont il falloit fe faifir pour gagner le
prix. Adoniftus & Amin-
dor entrérent dans la lice,
chacun fur un chariot doré,
tiré par deux chevaux Arabes. Au troifiéme fignal des
trompettes & des hautbois,
les deux Princes partirent
en même tems, & parurent
devancer les vents; mais
bien-tôt le chariot d'Adoniftus paffa de plus de vingt
pas celui du Roi d'Aden,

Le peuple qui lui souhaitoit toujours la victoire, commençoit à battre des mains, lorsqu'un de ses chevaux s'abattit : alors le Roi d'Aden regagna aisément le terrain qu'il avoit perdu, & laissa Adonistus sur sa droite; le premier au but, se saisit de l'étendart.

Andramire ne put s'empêcher, malgré la colere où elle étoit contre Adonistus, d'être fâchée qu'il ne fût pas vainqueur; & malgré le désespoir où étoit Arianite de n'en être point aimée, elle eût souhaité qu'il eût remporté le prix qu'elle devoit donner. Il n'y avoit que

Belenie qui ſouhaitoit pour Amindor; cette Princeſſe avoit beaucoup d'inclina-tion pour lui, mais, comme elle avoit de la vertu, & des ſentimens fort nobles, elle s'étoit renduë maîtreſſe de ſa tendreſſe;& ayant com-battu ſa paſſion dès ſa naiſ-ſance, elle avoit tourné en eſtime & en amitié, l'amour qu'elle ſentoit naître pour le Roi d'Aden; cette amitié lui faiſoit voir avec un plai-ſir infini, la gloire qu'il ve-noit d'acquerir. Il triompha encore de Narboſan, & de tous ceux qui ſe préſenté-rent, & vint recevoir le prix des mains d'Arianite : Elle

le lui présenta d'une façon
fort polie, mais fort froide.
Vous souhaiteriez, Madame,
lui dit-il, en lui baisant la
main, & baissant la voix,
que l'heureux Adonistus fût
en ma place. Arianite ne
répondit rien, mais le regar-
da avec des yeux si pleins
de colere, qu'Amindor ne
pouvant soûtenir ce regard,
la quitta.

Lorsqu'Andramire fut
dans son appartement, elle
s'abandonna à la plus vive
douleur qu'elle eût jamais
sentie. Tu vois, Hérenice,
s'écria-t-elle, en versant un
torrent de larmes, tu vois
comme on me méprise ; c'est

peu

peu de n'être pas aimée;
mon nom sert à cacher la
passion qu'on a pour ma rivale, j'augmente ses plaisirs:
Cette fête de la Forêt étoit
pour elle, & j'ai pû m'abu-
ser au point de la prendre
pour moi! Que diront-ils,
Hérenice, de ma simplicité?
Tu vis hier la conversation
qu'ils eurent ensemble pendant deux heures ; la paf-
sion étoit peinte dans leurs
yeux; ils se sont encore par-
lés pendant le Carousel : S'ils
se contentoient au moins de
s'aimer sans m'accabler d'in-
jures ; mais, Hérenice, c'est
moi qui sers de voile à cet
amour qui se cache. Ven-

G

geons - nous : mais sur
qui me venger ? Sur u-
ne Princesse qui m'a tou-
jours aimée, qui a été jufqu'à présent tout ce que j'ai
eu de plus cher, avec qui
j'ai été élevée dès mon enfance, à qui je suis liée par
le sang, qui me voit destinée à Amindor ? Peut-elle
soupçonner l'inclination que
j'ai pour Adonistus ? Doit-
elle me croire capable d'une
foibleffe dont je rougis, que
je cache avec tant de soin, &
que je voudrois me cacher à
moi-même ? Non, Hérenice,
il y a trop d'injustice dans ma
colere; c'est de moi, c'est de
mon cœur que je dois me

venger, & je vais l'en punir en époufant le Roi d'Aden.

Comme elle finiffoit ces paroles, le Roi entra dans fa chambre : Ma fille, lui dit-il, je ne doute pas que vous ne foyiez toujours prête à fuivre mes volontés ; vous fçavez que vous êtes diftinée au Roi d'Aden, il eft tems que cet hymen s'accompliffe, c'eft ce que je viens vous dire. J'obéirai, Seigneur, répondit Andramire, en pouffant malgré elle un grand foupir. J'ai voulu vous parler le premier, répondit le Roi ; le Roi d'Aden fera inftruit demain que vous étes prête à l'époufer.

G ij

Le Roi s'étant retiré, la Princesse n'ayant pas la force de se soûtenir, se laissa tomber, presque sans sentiment, sur un lit de repos. Qu'est devenu votre courage ? lui dit Hérenice. Il n'y a qu'un moment que vous étiez résoluë d'épouser A-mindor ; & quand le Roi vous vient dire qu'il faut lui donner votre foi, vous êtes prête à mourir de douleur. Je ne croyois pas ce moment si proche, dit Andramire ; mon cœur n'est pas encore préparé à recevoir Amindor pour mon époux ; ce n'est point l'amour que j'ai eu pour Adonistus qui m'en em-

pêche : Cet amour s'est tourné en haine ; mais je ne peux
me résoudre si promptement
à un engagement qui doit
durer toute ma vie. Croyez-
moi, Madame, interrompit
Hérenice, vous ne connoif-
fez point votre cœur, il aime
encore Adonistus ; & vous
n'auriez pas tant de peine à
donner votre main au Roi
d'Aden, si Adonistus vous
étoit indifférent. Ne me faites point appercevoir malgré
moi de ma foiblesse, répondit Andramire ; n'approfon-
dissez point les secrets d'un
cœur que je sçaurai bien
captiver : Pensons présen-
ment à éloigner le coup qui

me menace; je n'ai oſé demander au Roi qu'il différât
encore quelque tems mon
mariage ; je connois ſa colere quand il trouve quelqu'obſtacle à ce qu'il déſire;
je moppoſerois en vain à ſes
volontés. Obéïſſez donc,
Madame, dit Hérenice : A
qui pouvez-vous avoir re-
cours ? Au Roi d'Aden, dit
Andramire; il eſt généreux,
il ne voudra point contraindre mon cœur à une obéïſ-
fance forcée : Va le chercher, Hérenice, dis-lui que
je demande à lui parler. A-
mindor ſe rendit ſur le champ
à l'appartement de la Princeſſe : Seigneur, lui dit-elle,

si votre générosité m'étoit moins connuë, je ne m'exposerois pas au refus de la grace que j'ai à vous demander. Parlez, Madame, lui dit le Prince, je serai trop heureux de vous marquer mon obéïssance, & l'envie que j'ai de vous plaire. Il est difficile, lui dit la Princesse, de vous expliquer ce que je veux de votre amitié : Que j'aurai peine à me tirer d'embarras, si vous ne m'aidez vous-même ! Le Roi mon pere vient de m'annoncer qu'il falloit vous donner ma main dans peu de jours; les Dieux me sont témoins de la parfaite estime que j'ai

pour vous, mais ce n'eſt pas
aſſez, Seigneur, pour un engagement éternel ; vous a-
vez un mérite aſſez grand
pour inſpirer des ſentimens
plus tendres, je voudrois,
Seigneur, qu'on me donnât le
tems de le connoître, &
d'en être touchée, afin de
vous pouvoir donner ma
main par mon choix, autant
que par celui de mon pere;
je n'ai oſé lui découvrir mes
ſetimens ; & forcée de l'aſ-
ſurer de mon obéïſſance, je
n'ai recours qu'à vous. La
ſingularité du diſcours de la
Princeſſe avoit rendu Amindor immobile ; il en fut touché, & ſe ſentant la même

répugnance à engager fa foi, qu'Andramire avoit à donner la fienne : Madame, lui dit-il, je vois l'importance de ce que vous fouhaitez ; il faudra, pour vous fatisfaire, que je demande au Roi le retardement de notre mariage ; je m'expoferai par là à toute fa colere, peut-être en fentirai-je les effets ; mais dûffent-ils me ravir la Couronne, je la perdrai plûtôt que d'ufer de mes droits pour vous contraindre : Je vais, par mon obéiffance à vos volontés, tâcher de vous mériter de vous-même. Andramire l'affura de fa reconnoiffance, & qu'il n'y avoit

rien qu'il ne s'en dût promettre. Il ſortit après ces
paroles, laiſſant la Princeſſe
un peu plus tranquille, quoique fort en peine de l'iſſuë
de la converſation que le
Roi d'Aden devoit avoir
avec ſon pere. La généro-
ſité de ce Prince la touchoit,
elle auroit été au déſeſpoir
qu'elle eût eu des ſuites fâ-
cheuſes pour lui : Mais, qui
peut repréſenter la douleur
d'Adoniſtus, à qui Arianite
avoit appris que le Roi venoit de lui dire qu'Andramire alloit épouſer Amin-
dor ! Que la Princeſſe y
avoit donné ſon conſente-
ment , & qu'il prendroit

jour le lendemain avec le
Roi d'Aden : Il dit tout ce
que le désespoir & la rage
pourroit inspirer à un homme bien amoureux. Mais,
quand la Princesse n'épou-
seroit point le Roi d'Aden,
elle ne vous en aimeroit pas
davantage, lui disoit Arianite ; je vous ai dit la colére
où elle s'est mise contre
moi, quand je lui ai voulu
parler de l'amour que vous
aviez pour elle ; j'ai bien
eu de la peine à obtenir
qu'elle me pardonnât, &
qu'elle voulût bien permet-
tre que vous la vinssiez voir
comme à l'ordinaire ; ce n'a
été qu'à condition que je

vous cacherois que je lui a-
vois parlé de vous , & avec
de grandes promeſſes que
vous ne lui parleriez jamais
de votre paſſion , & que
vous alliez travailler à l'é-
teindre. Je me croyois malheureux , Madame , reprit
triſtement Adoniſtus , quand
vous m'avez appris avec
quelle rigueur me traite
Andramire ; cependant je
ſuis mille fois plus à plaindre que je ne l'ai jamais
été. Andramire étoit libre,
je pouvois tout eſperer de
ma perſevérance : Mais, que
deviendrai-je ? Amindor va
l'épouſer! Non, reprenoit-
il avec fureur, il ne l'épou-

ſera point, qu'il ne m'ait
ôté la vie. Arianite tâchoit
inutilement de calmer les
tranſports d'Adoniſtus ; elle
n'étoit pas plus tranquille,
ſa douleur lui cauſoit un
dépit & une jalouſie qui
troubloit toute la joye qu'-
elle avoit du mariage d'Andramire : Cependant, quand
elle penſoit que cette Princeſſe alloit être à Amindor,
qu'Adoniſtus n'auroit plus
d'eſpérance de la poſſéder,
elle ſe flattoit qu'il pourroit
modérer ſa douleur ; que le
tems lui feroit oublier Andramire, & qu'il pourroit
l'aimer un jour ; ces douces
idées l'occupérent toute la

nuit ; Adoniſtus la paſſa dans des penſées bien différentes, il penſa vingt fois ſe lever pour s'aller battre contre Amindor ; mais, voulant prendre des meſures avec Arianite, pour ne pas manquer ſa vengeance, il réſolut d'attendre qu'il lui eût parlé ; il ſe rendit à ſon appartement auſſi-tôt qu'on y put entrer. Amindor ne paſſa pas la nuit ſans inquiétude, & ayant été de fort bonne heure chez le Roi, ce Prince l'ayant apperçû, fit ſigne que tout le monde ſe retirât, & qu'on les laiſſât ſeuls. Seigneur, lui dit-il, je vous ai promis ma fille, & c'eſt

avec joie que je vous la donne, je vous réponds de ſon
obéïſſance ; il eſt tems que
votre mariage s'accompliſſe ;
je ſuis vieux, & je veux vous
remettre une Couronne que
je n'ai gardée ſi long tems,
que pour vous la donner :
choiſiſſez donc un jour pour
la célébration de cette grande fête. Seigneur, lui répondit le Roi d'Aden, j'ai la reconnoiſſance que je dois pour
les bontés dont vous m'ho-
norez ; la Couronne d'Arabie, toute belle qu'elle eſt,
brille moins à mes yeux que
la Princeſſe Andramire ; mais
ſouffrez que je vous montre
mon ame toute entiere : Je

n'ai point encore mérité
le cœur de la Princesse ; elle
vous obéït, Seigneur, en me
recevant pour époux ; mais
qui m'assurera que cette o-
béïssance ne force point son
inclination, & ne la rende
point malheureuse ? Cette
pensée, Seigneur , trouble
tout mon bonheur : Je vous
demande le tems d'obtenir
Andramire d'elle-même, de
mériter par mes soins, ma
fidélité & mon amour, un
consentement que je ne dois
qu'à sa soûmission à vos volontés. Le Roi écouta avec
impatience le discours du
Roi d'Aden : Voilà des dé-
licatesses bien mal placées,
lui

lui dit-il : Il sied bien au Roi
d'Aden d'avoir des scrupules
d'un amant, quand il s'agit
de devenir maître d'un grand
Royaume : Allez, Prince,
quand Andramire sera tou-
chée de votre amour, vous
me l'apprendrez. Amindor
sortit ; mais, voulant voir
Arianite avant que d'aller
chez Andramire, il alla droit
à son appartement ; Ado-
nistus étoit avec elle, il la
quitta aussi-tôt qu'il l'apper-
çût, Amindor ne pouvant
supporter un rival qui alloit
être heureux ; la vûë d'A-
donistus fit frémir Amindor;
il ne s'attendoit pas à le
trouver de si bonne heure

H

avec Arianite ; & ne doutant
plus de leur intelligence :
Madame, lui dit-il, je ne viens
point vous importuner d'un
amour qui a le malheur de
vous déplaire , ni vous
reprocher de me préferer à
mon rival ; mais je ne peux
me refuser la confolation de
vous dire que toutes vos
rigueurs ne pourront jamais
éteindre la paffion que j'ai
pour vous ; jugez-en, Ma-
dame, par ce que je viens
de faire : Je viens de prier le
Roi de retarder mon mariage
avec Andramire, & m'expo-
fer par cette demande , qu'il
n'a pû me refuser , à toute
fa colére : Mais, Madame,

que pouroit-il m'arriver de plus affreux que d'être séparé de vous pour le reſte de ma vie? Car , malgré votre indifférence, qui va ſouvent juſqu'au mépris , j'eſpere toujours que mon amour vous touchera, & que vous verrez la différence des ſentimens que j'ai pour vous, à ceux de mon rival. Arianite étoit ſi troublée du retardement du mariage d'Andramire, qu'elle avoit cru prêt de s'accomplir, qu'elle avoit bien de la peine à cacher ſa douleur ; & quand elle penſoit à la joye que cette nouvelle cauſeroit à Adoniſtus , elle s'abandoɴ

H ij

noit au plus violent défes-
poir ; mais, faisant réflexion
qu'elle auroit besoin du Roi
d'Aden dans la suite, elle
modéra ses transports : Seigneur, lui dit-elle, je vois
avec chagrin la démarche
que vous venez de faire, en
parlant du Roi ; j'en prévois
les suites, & je vous en aurois empêché, si vous m'a-
viez confié vos desseins : Si
vous pouviez prétendre à
mon cœur, je vous instrui-
rois de mes sentimens ; mais,
Seigneur, quoique je sois
touchée de votre mérite, il
n'a fait aucune impression
sur mon ame. Comment au-
rois-je pû laisser naître dans

mon cœur, une paſſion cri-
minelle pour un homme que
j'ai regardé dès la premiere
fois, comme le mari d'une
Princeſſe que j'aime unique-
ment, à qui je ſuis liée par
le ſang, l'amitié & la reconnoiſſance. Ah ! Seigneur,
ſi j'avois été capable de former un ſemblable deſſein,
vous me devriez regarder
avec horreur : Ceſſez de
vous plaindre de mon in-
différence ; changez votre
amour en amitié, & ſoyez
ſûr du retour que vous trouverez dans le cœur d'Arianite, quand le vôtre ſera
revenu à ſon devoir ; &
que, ſe livrant entierement

à la Princeſſe Andramire, à qui vous le devez, je ne verrai en vous qu'un ami qui méritera toute mon eſti-me.

Pluſieurs Dames de la Cour étant entrées dans la chambre d'Arianite, Amin-dor fut obligé de ſe retirer, & d'aller rendre compte à Andramire de ſa converſa-tion avec le Roi. Tout le monde étoit dans l'étonne-ment de ce que venoit de faire leRoi d'Aden; bien des gens le blâmoient, d'autres le loüoient; mais pluſieurs per-ſonnes qui pénétroient plus avant, penſoient qu'il y a-voit dans ſa conduite quelque myſtére caché qu'on ne comprenoit pas. Ils ſe ſouvenoient qu'Andramire n'avoit jamais paru avoir d'inclination pour ce mariage : Le Roi, lui-même, s'en étant apperçû depuis long-tems, ne douta point que ſa fille n'eût témoigné de la répugnance au Roi d'A-den, & que ce ne fût elle qui eût engagée ce Prince à demander le retardement de ſon mariage; ainſi toute la co-lére du Roi retourna contre elle. Adoniſtus ayant appris ce qui venoit de ſe paſſer entre le Roi & Amindor, vola chez Arianite, pour avoir le plaiſir d'en parler;

il fit éclater fa joye par des transports qui irritérent encore la douleur d'Arianite : Prince, lui dit-elle, je fuis bien fâchée d'être obligée de vous repréfenter que votre malheur n'eft que différé ; mais qu'il n'eft pas moins fûr que le mariage d'Andramire & d'Amindor ne peut manquer ; le retardement que le Roi d'Aden y a apporté lui-même, ne vient que de l'excès de fon amour ; il ne pouvoit fe trouver heureux, s'il ne devoit tout fon bonheur à la perfonne qu'il aime : Andramire ne paroît pas infenfible à la marque d'une

paffion

passion si respectueuse, &
cette Princesse m'a dit qu'-
elle ne différeroit pas long-
tems à l'en récompenser. Je
ne vous apprendrois pas des
choses si désagréables, si votre repos m'étoit moins cher;
mais je me reprocherois de
vous laisser conserver des
espérances mal fondées, qui
vous rendroient plus mal-
heureux dans la suite : J'en-
visage, Madame, tous les
maux dont vous me parlez;
mais enfin, s'il me reste encore du tems à tâcher de les
prévenir, je pourrai peut-
être par mes soins, vaincre
l'indifférence : Parlez-lui
encore de ma passion, & ne

I

vous laffez point d'avoir pitié de mes malheurs. Il la
quitta en finiffant ces paroles. Va, va, dit-elle, quand
elle l'eut perdu de vûë, je
te fervirai comme ton in-
gratitude le mérite : Cruel!
à qui mes yeux ont parlé
cent fois de mon amour,
tu me viens conter les
tranfports que te caufe celui que tu fens pour ma Rivale! Tu veux que j'aye pitié
des maux que tu fouffres,
quand tu me déchire le cœur?
Je te ferai connoître par ma
vengeance l'excès des maux
que tu me fais fouffrir. Narbofan étant venu avec les autres Princes chez Andrami-

re, lui proposa d'aller le soir
se promener sur la riviere;
Andramire accepta cette
partie, Arianite en parut
fort aise. L'heure de la promenade étant venuë, la Princesse Andramire, Arianite,
Belenie, les Princes, les
Dames, les jeunes Seigneurs
de la Cour, traversérent le
Parc en caléches, pour se
rendre au bord de l'eau ; elle
étoit couverte de galeres
toutes dorées, & peintes en
bleu, avec des chiffres de
la Princesse, & par tout la
même devise que Narbosan
avoit portée à la course de
Bague. Tous les Matelots
étoient vêtus de taffetas

bleu; & leurs rames dorées,
qu'ils sçavoient manier en
cadance, faisoient un effet
très-agréable. La Galére qui
devoit servir pour la Princesse, brilloit entre toutes
les autres; elle étoit meublée
d'un drap d'or; le pavillon
qui devoit la garantir du
Soleil, étoit orné de guir-
landes de fleurs. Il n'y avoit
pas une heure qu'on se promenoit sur la riviere, que
douze petits Amours servi-
rent une collation magnifique. La nuit commençant
à devenir sombre, toutes les
Galéres se trouvérent éclai-
rées de lampes de cristal,
dont la lumiere réfléchis-

fant dans l'eau, faifoit un
fpectacle admirable. De tous
ces Palais brillans qui fe
mouvoient enfemble, qua-
tre Galéres remplies de Mu-
ficiens, ayant entouré celle
de la Princeffe, commen-
cérent un concert charmant.
Tout le monde ayant loüé
la magnificence & la galanterie de cette fête, Seigneur,
dit Andramire à Narbofan,
les loüanges qu'on vous
donne ne vous doivent pas
être indifférentes; car il ne
fuffit pas de prodiguer l'or
pour des fêtes agréables, il
faut un goût qu'on trouve
dans peu de perfonnes. Si
le mien pouvoit n'être pas

désaprouvé de vous, Madame, répondit Narbosan en s'approchant de la Princesse, je ne serois pas si malheureux que je le suis depuis que je vous adore. Je sçai bien, Madame, que je vais par cet aveu m'attirer votre colére; mais dûssiez-vous me défendre de paroître jamais à vos yeux, je ne peux plus contraindre ma passion; & j'aime mieux mourir tout d'un coup, en apprenant que mon amour vous déplaît, que de traîner une vie languissante. Andramire se leva brusquement sans regarder Narbosan, & prit un prétexte pour changer de

place ; ce mépris l'outra de
douleur. Arianite ayant pris
garde à leur converſation,
& en devinant le ſecret, elle
remarqua qu'Andramire n'a-
voit point répondu à Nar-
boſan ; & la colére qui paroiſſoit dans les yeux de ce
Prince, lui donna une ex-
trême joye, dans l'eſpérance que ſon malheur ne lui
ſeroit pas inutile ; depuis ce
jour là, elle eut grand ſoin
de ménager ſon amitié. L'a-
verſion qu'Andramire avoit
naturellement pour Narbo-
ſan, redoubla depuis qu'il
lui eut appris ſon amour ;
elle ſe vengeoit ſur lui du
chagrin qu'elle avoit de ne

se croire pas aimée d'Adoniſtus ; elle puniſſoit auſſi Adoniſtus d'un crime dont il n'étoit point coupable; elle lui ôtoit toutes les occaſions de lui parler en particulier, & ſouvent évitoit ſa préſence ; il s'en plaignoit à Arianite toutes les fois qu'il la voyoit dans l'appartement d'Andramire, qui ne manquoit pas de s'appercevoir qu'ils avoient toujours quelque choſe à ſe dire. Adoniſtus voulant un jour entrer dans l'appartement de la Princeſſe, on lui dit qu'elle étoit malade, & qu'elle ne voyoit perſonne. Un moment après, Amindor étant auſſi venu pour la voir, on le laiſſa entrer; quoiqu'Adoniſtus dût s'attendre à cette préference, il en penſa mourir de douleur; & étant retourné chez lui, il ecrivit ce billet à Arianite.

BILLET

d'Adoniſtus à Arianite.

PErmettez moi, Madame, de vous aller voir, & de vous parler de mes malheurs; ils augmentent tous les jours; il n'y a que la compaſſion que vous en devez avoir, qui les puiſſe ſoulager : Penſez y

Madame , & ayez pitié
                    D'ADONISTUS,

Arianite n'eut pas plûtôt
reçû ce billet , qu'elle alla
dans l'appartement d'An-
dramire ; & feignant de la
vouloir conſulter pour ſça-
voir ſi elle acheteroit des
diamans qu'on venoit de lui
apporter, elle mena cette
Princeſſe auprès de la fenêtre pour les lui faire voir;
& en les tirant de ſa poche,
elle laiſſa tomber à ſes pieds
la lettre d'Adoniſtus ; elle
quitta auſſi-tôt Andramire,
la laiſſant examiner les pier-
reries, & joignit le reſte de
la compagnie. Andramire

qui avoit vû le billet qu'A-
rianite avoit laiſſé tomber,
ne perdit point de tems à le
ramaſſer ; & faiſant ſemblant
de regarder toujours les diamans qu'elle avoit entre les
mais, elle le lut, ne pouvant
moderer l'impatience qu'elle avoit de le voir : Arianite qui l'examinoit de loin,
triomphoit du trouble & de
la douleur qui paroiſſoit dans
ſes yeux ; elle s'étoit apper-
çûë, il y avoit long-tems,
de la paſſion que cette Princeſſe avoit pour Adoniſtus ;
elle étoit confidente de celle
de ce Prince, & trouvoit une
douceur infinie dans la vengeance qu'elle prenoit des

ſentimens qu'ils avoient l'un
pour l'autre : Mes diamans
ne vous plaiſent - ils pas,
Madame? dit-elle, en s'approchant d'Andramire pour
les prendre : Si vous les euſſiez trouvés à votre gré,
vous l'euſſiez dit plus promptement. J'avoüe, répondit
la Princeſſe , que je leur
trouve bien des défauts. Je
vais les renvoyer, Madame,
repartit Arianite en ſortant
de la chambre d'Andramire;
toute la compagnie ſuivit
ſon exemple.

Arianite en arrivant chez
elle, trouva Adoniſtus qui
l'attendoit : Je viens encore,
Prince, lui dit-elle, de par-

ler de votre paſſion à Andramire ; je l'ai peinte avec
les couleurs les plus vives,
capables d'ébranler tout autre cœur que celui de l'in-
grate Princeſſe que vous ai-
mez ; mais elle n'a pas voulu ſeulement m'écouter ;
vengez-vous de ſes rigueurs,
en travaillant à effacer de
votre cœur l'amour que vous
avez pour elle. Comme elle
prononçoit ces paroles, le
Roi d'Aden entra dans ſa
chambre ; & Adoniſtus, à
qui ſa vûë étoit inſupporta-
ble, en ſortit. On trouve
toujours Adoniſtus auprès
de vous, dit Amindor, qui
ne pouvoit ceſſer d'aimer

Arianite. Je ne me dé-
fends point, Seigneur , lui
répondit-elle, qu'il ne soit
bien aise d'être avec moi;
& je croi qu'il est si nécessaire au bonheur de votre
vie, d'effacer absolument de
votre cœur l'inclination
que vous avez pour moi,
que pour vous ôter toute
espérance, il faut vous faire
connoître mes sentimens :
j'aime Adonistus , & j'en
suis aimée ; nos cœurs, d'intelligence , se sont donnés
l'un à l'autre , dès notre premiere vûë , & il a mérité
depuis l'aveu de ma tendresse , rien ne peut l'effacer de
mon cœur : Cessez donc,

Seigneur, de me vouloir plaire, & jugez de l'amitié fincere que j'ai pour vous, par l'aveu que je vous fais de mes plus fecrettes penfées. A- mindor fut fi furpris de ce qu'Arianite venoit de lui di- re, qu'il ne put pas avoir la force de lui répondre: Enfin, fe faifant un effort : Il faut vous obéïr, Madame, lui dit-il; je vais travailler à vous oublier, & à me donner tout entier à Andramire.

Il paffa toute la nuit dans de cruelles agitations; mais fa vertu étant plus forte que fon amour, il fe fortifia dans la genereufe réfolution qu'il avoit prife. Andramire, de son côté , en formoit de semblables. Il est donc sûr, disoit elle à Hérenice , en lui montrant le billet qui étoit tombé de la poche d'Arianite, qu'Adonistus aime cette Princesse , je ne peux plus douter de cette cruelle verité : Que les soupçons que j'ai sentis , Hérenice , sont différens de la certitude où je suis de leur amour ! Je me flatois quelquefois de m'être trompée, je me suis même abusée au point d'imaginer qu'Adonistus me regardoit d'une façon pleine de tendresse : il est vrai , Hérenice , que les espérances que j'avois conçûës,

conçûës ne duroient pas
long-tems; car, auſſi-tôt
qu'Arianite étoit entrée,
Adoniſtus avoit toujours
quelque choſe à lui dire,
& je payois bien cher les
momens qui m'avoient fla-
tée; mais, quelque grand
que fût mon chagrin, qu'il
étoit foible en comparaiſon
de celui que je ſens! Mais,
de quoi me puis-je plaindre?
reprenoit-elle. Qui me tra-
hit? Qui dois-je aimer? Eſt-
ce d'Adoniſtus que je parle?
Moi qui devrois me repro-
cher l'inclination que j'ai
ſentie pour lui; je le croyois
banni de mon cœur; j'avois
pris ſur moi de lui faire re-

K

fuſer l'entrée de mon appartement, & contente de cet effort, je me croyois prête à le voir avec indifférence : Que je me ſuis trompée, Hérenice ! J'ai la foibleſſe de l'aimer encore, elle ne durera pas longtems ; la connoiſſance que j'ai de ſa paſſion pour Arianite, mon devoir qui me défend de l'aimer, vaincra bien-tôt un reſte de tendreſſe : mais, c'en eſt fait, je ne l'aime plus, ma vertu eſt la plus forte ; je ne vous parlerai plus d'Adoniſtus, & je vais épouſer le Roi d'Aden.

Adoniſtus, réſolu de dé-

clarer, à quelque prix que
ce fût, son amour à la Princesse, cherchoit tous les
jours une occasion de lui
parler en particulier ; mais,
n'en pouvant trouver, par-
ce qu'Arianite & Amindor
étoient toujours avec elle,
il imagina que s'il pouvoit
engager Andramire à rester
le soir dans le jardin, il
trouveroit peut-être une occasion de lui parler. Comme Andramire se promenoit
au bord du Canal, mille
fusées sortirent de la Forêt,
& en même tems une pi-
ramide de lumiere parut sur
l'eau, il en partit un feu
d'artifice admirable : Com-

me Arianite avoit ſçu d'A-
doniſtus ſon deſſein, elle en
avoit inſtruit le Prince de
l'Arabie déſerte, qui lui a-
voit fait confidence de ſon
amour pour la Princeſſe, &
du mépris avec lequel elle
le traitoit ; elle lui avoit appris qu'Amindor n'étoit pas
ſon rival le plus dangereux,
qu'Andramire aimoit Ado-
niſtus, & qu'elle en étoit
adorée, & qu'il devoit le
ſoir même donner un feu
d'artifice, pour avoir occaſion de pouvoir lui parler ;
Narboſan ſçut bien-tôt la lui
ôter ; il ne quitta point Andramire, Adoniſtus en fut
pénétré de douleur, & s'en

plaignit à Arianite. Andramire croyant encore que
cette nouvelle fête étoit
donnée par Adoniſtus à A-
rianite, ſe confirma dans la
réſolution qu'elle avoit priſe
d'épouſer Amindor, elle l'envoya chercher le lendemain:
Seigneur, lui dit-elle, je
ferois indigne de tout ce que
vous avez fait pour moi, ſi
je pouvois refuſer de vous
donner ma main; recevez-la
donc de mon choix autant
que de celui de mon pere.
Ce Prince lui marqua ſa reconnoiſſance d'une façon
très-reſpectueuſe; il ne ſe
faiſoit pas moins d'effort
qu'Andramire; mais voulant

oublier Arianite, il alla fur
le champ dire au Roi, que
la Princeffe étoit prête de
l'époufer, qu'elle venoit de
lui dire, & qu'il le prioit
de ne pas differer fon bonheur. Le Roi qui fouhaitoit
plus qu'Amindor fon mariage avec Andramire, n'avoit
garde de le retarder; il lui
dit qu'il ordonneroit que
dans quatre jours tout fût
prêt pour cette augufte cé-
rémonie.

Narbofan qui fut le pre-
mier inftruit de cette nouvelle, réfolut de troubler
le bonheur de fon rival; il
alla chez Arianite pour lui
confier fon deffein; car, a-

près tout ce que cette Princeffe lui avoit découvert, il ne pouvoit plus avoir rien de caché pour elle : Madame, lui dit-il, je ne viens point m'amufer à pouffer des plaintes inutiles; vous fçavez mon amour pour Andramire, je ne fouffrirai point qu'un autre la poffede; je veux aller combattre cet heureux rival, lui arracher la vie, ou qu'il m'ôte la mienne. Arianite craignoit plus que la mort l'exécution de ce projet : Seigneur, lui dit-elle, votre colere eft jufte, mais elle vous aveugle, & vous empêche de prendre les moyens

de la ſatisfaire ; ſi le
Roi d'Aden eſt vainqueur,
il épouſera la Princeſſe, &
ſi vous le tuez, vous n'en
ſerai pas plus heureux ; il
vous reſtera un autre rival
plus dangereux que lui;
défaites-vous à la fois de
l'un & de l'autre, ſans qu'il
ſoit beſoin de répandre de
ſang ; enlevez la Princeſſe,
cela vous ſera fort aiſé à la
chaſſe où elle doit aller aujourd'hui; vous l'emmenerez
dans l'Arabie déſerte, où,
après l'avoir épouſée, il
faudra bien que le Roi ſon
pere vous pardonne ; vous
poſſederez par ce moyen la
belle Andramire, & vous de-
viendrez

viendrez maître du Royaume
de l'Arabie heureufe. Narbofan approuva fon deffein :
Comment ne l eût - il pas
trouvé bon ? Il contentoit à
la fois fon amour & fon
ambition ; il prit des mefu-
res avec Arianite pour l'exécuter. Que n'eût-elle point
fait pour fe délivrer d'une
rivale ? Elle craignoit toujours qu'il n'arrivât quelque
nouveau retardement à fon
mariage ; & fçachant qu'Andramire aimoit Adoniftus,
& qu'elle en étoit aimée,
tout la faifoit trembler ; &
de plus, elle aimoit encore
mieux qu'Andramire fût
emmenée dans l'Arabie dé-

L

ferte , entierement éloignée
de la vûë d'Adoniftus, que
de lui voir époufer le Roi
d'Aden. La chaffe étant
commencée , Arianite en-
gagea Andramire à s'éloi-
gner un peu des perfonnes
qui la fuivoient ; & n'étant
accompagnée que d'Héreni-
ce qui ne la quittoit jamais,
elles s'enfoncérent pour fuivre les chiens. Dans une rou-
te de la Forêt qui étoit fort
fombre, quatre hommes qui y
étoient cachés , les ayant
arrêtées , mirent Andramire
par force dans un chariot
qu'ils tenoient tout prêt
pour ce deffein ; Hérenice
s'y jetta malgré eux, ne vou-

ſant point abandonner la
Princeſſe ; Andramire pouſ-
ſoit des cris épouvantables :
Ils furent entendus d'Adoniſtus, qui, occupé de ſes
malheurs, la ſuivoit de loin
triſtement ; il courut dans
l'endroit où il entendoit
les cris ; mais il n'y
trouva qu'Arianite, qui
s'arrachant les cheveux, lui
apprit le malheur qui venoit
d'arriver. Sans perdre de
tems à lui répondre, il vola
après les raviſſeurs de la
Princeſſe, & les eut bien-
tôt atteint ; & ayant reconnu Narboſan qui étoit à leur
tête : Perfide ! lui dit-il,
rends la liberté à la Princeſ-

ſe , ou tu perdras la vie.

Narboſan ne lui répondit
que par un regard menaçant;
& en ſe mettant en défenſe,
il avança ſur Adoniſtus qui
lui porta un ſi grand coup
de ſabre, qu'il l'abattit de
deſſus ſon cheval, ſans ſen-
timent. Les quatre hommes
qui gardoient le chariot,
épouvantés , l'abandonné-
rent, & ne penſérent qu'à
emporter leur Prince, ne
doutant point, que s'ils retar-
doient d'un moment, ils ne
ſeroient plus en état de le
ſauver. Adoniſtus ſe voyant
ſeul auprès d'Andramire :
Madame, lui dit-il, je ne
dois plus me plaindre de

mon destin, puisque je suis assez heureux de vous délivrer des mains de vos lâches ravisseurs ; car, Madame, jamais personne ne fut plus .... Comme il alloit continuer, le Roi d'Aden, suivi d'une partie des Seigneurs qui étoient à la chasse, arriva ; & Adonistus regardant la Princesse d'une façon triste & passionnée, ne lui parla plus que des yeux. Andramire étoit hors d'elle - même, les paroles d'Adonistus lui causoient autant de trouble, que l'accident qui venoit de lui arriver. Le Roi d'Aden lui témoigna la douleur & l'in-

quiétude où il avoit été.
Le Roi vint voir la Prin-
cesse aussi-tôt qu'elle fut
revenuë au Palais.

Dès qu'il fut sorti, An-
dramire pria qu'on la laissât
seule. Arianite avoit au-
tant besoin qu'elle d'être en
liberté; elle étoit au désespoir de ce que Narbosan
avoit manqué son entrepri-
se; mais quand elle pensoit
que c'étoit Adonistus qui
en étoit cause, elle achevoit
de perdre la raison. Ado-
nistus, esperant qu'après le
service qu'il venoit de rendre à la Princesse, elle pourroit bien, par reconnoissan-
ce, ne lui pas refuser la

conſolation de lui parler une
fois en particulier , malgré
l'averſion qu'elle avoit pour
lui , réſolut de s'adreſſer à
Hérenice pour la prier d'obtenir cette grace ; il deſcendit dans les jardins pour
l'aller trouver ; comme il
traverſoit un endroit du Parc
qu'il falloit paſſer , il entendit des voix de femmes ;
ayant écouté avec attention,
il reconnut le ſon de la voix
d'Andramire , ce qui redoubla ſa curioſité : il s'appro-
cha doucement de l'endroit
d'où venoit le bruit ; & ne
pouvant diſtinguer les paroles : Croirois-tu , diſoit
la Princeſſe , que mes mal-

heurs puissent jamais aug-
menter, & que ce fût l'a-
mour d'Adonistus qui les
dût redoubler? Cependant
je me trouve plus mi-
sérable que je ne l'étois
quand je m'en croyois haïe;
ses paroles me causent un
trouble dont je ne peux revenir : Se pourroit-il qu'il
m'aimât, & qu'il attendît à
me le découvrir dans le
même moment où je vais
donner ma main au Roi d'A-
den, & lorsque je ne peux
plus, sans crime, abandonner mon cœur à l'inclina-
tion que j'ai pour lui? Mais,
reprenoit-elle, la frayeur
où j'étois m'a fait mal en-

tendre ces paroles , il ne m'aime point. De quoi me ſoupçonnez-vous? dit Adoniſtus , en ſe jettant au tra-travers d'une paliſſade, dans le cabinet où étoit la Princeſſe , & embraſſant ſes genoux : Eſt-il poſſible, Madame , qu'au milieu de tous les malheurs qui m'accablent, j'aye encore celui de vous voir douter de mon amour? Andramire s'étant levée, vouloit ſortir du cabinet : Arrêtez , Madame , lui dit le Prince ; ne m'enviez pas la douceur de mourir à vos pieds. Vous vous méprenez, Seigneur, lui dit la Princeſſe , vous croyez

parler à Arianite : Que voulez - vous dire , Madame,
repartit le Prince, en l'ar-
rêtant par le bas de sa ro-
be? Que voulez-vous dire en
me parlant d'Arianite ? Car,
Madame, je ne veux point
vous diffimuler que j'ai en-
tendu la converfation que
vous venez d'avoir avec
Hérenice : Ce tems nous
eft précieux ; par pitié, ma
Princeffe , apprenez - moi
pourquoi vous m'avez ca-
ché vos fentimens ? Pour-
quoi m'avez-vous traité avec
tant de rigueur , puifque
j'avois le bonheur de ne
vous pas déplaire ? Pour-
quoi me défendre de vous

voir & de vous parler ? Et
pourquoi, enfin, vous donner vous-même au Roi d'A-
den ? Quel reproche me
faites-vous, répondit triſtement Andramire ? Et quel
intérêt peut prendre l'amant
d'Arianite dans ma deſtinée ?
Je ſuis trahi, s'écria Adoniſtus ; je commence à pénétrer la cauſe de mon malheur. Adoniſtus conta à
Andramire les commence-
mens de ſon amour, com-
ment il s'étoit trouvé enga-
gé à le confier à Arianite,
toutes ſes converſations avec
cette Princeſſe, les conſeils
qu'elle lui avoit donnés.
Andramire lui dit à ſon tour,

comment Arianite avoit laiffé tomber le billet exprès
pour lui faire voir ; & lui
ayant avoüé fa jaloufie, elle
lui avoüa auffi que c'étoit
ce qui lui avoit fait preffer
fon mariage, voulant fe punir de l'inclination qu'elle
avoit pour lui : Prince, lui
dit - elle, Arianite a fçû fi
bien empoifonner tout ce
que vous aviez fait pour
me plaire, que ce font ces
mêmes marques de votre
amour, qui nous vont fé-
parer pour jamais ; je ne peux
plus vous cacher ma ten-
dreffe ; vous avez découvert
malgré moi les fecrets de
mon cœur ; mais en appre-

nant que vous étes aimé,
vous en ſerez plus miſérable; car n'eſpérez point
qu'il puiſſe y avoir du chan-
gement; il faut obéïr aux
ordres du Roi mon pere, je
lui ai donné mon conſentement; mais, en obéïſſant,
croyez que mon cœur ne
ſe ſoûmet qu'à regret à la
cruelle loi qu'on lui impoſe;
je ne peux me refuſer la
conſolation de vous mon-
trer toute la douleur que je
ſens de me voir ſéparée de
vous; je ne dois point rou-
gir de vous laiſſer connoître
toute ma tendreſſe, puiſqu'-
elle ne ſervira qu'à vous
faire voir juſqu'où peut aller

ma vertu ; je vais époufer
Amindor , & vous bannir
pour jamais : voilà le fruit
de l'aveu que je viens de
vous faire ; il faut éviter de
me voir, ou plûtôt, Prince,
il faut partir de ces lieux,
où votre préfence allarme-
roit fans cefse ma vertu :
Quoi ! Madame , repartit
Adoniftus, vous voulez aug-
menter mes malheurs , &
m'ôter jufqu'au plaifir de
vous voir ? Quelque foupirs
que vous poufsez à regret
vous confolent ? Vous ne
fçavez point comme on vous
aime ! Je vous ai trop fait
voir jufqu'où ma tendrefse,
lui dit-elle, avoit porté fon

excès; ſi je pouvois l'arracher de mon cœur, que je
m'épargnerois de peines !
Il eſt vrai que ma raiſon me
rend maîtreſſe de mes ſentimens ; mais en me ſoû-
mettant à ce qu'elle m'ordonne, je me ſens prête à
mourir de douleur. Ah !
Madame, dit Adoniſtus,
pardonnez - moi mes ſoup-
çons, je ſuis le plus heureux
& le plus malheureux de
tous les hommes ; j'apprens
que je ſuis aimé, & c'eſt
dans le même inſtant que
vous allez épouſer mon rival, & que vous m'annon-
cez qu'il faut renoncer pour
jamais à vous voir ! Qu'une

partie de votre vertu me feroit néceſſaire ! Mais que
cette vertu même, en re-
doublant mes malheurs, augmente mon amour ! Adieu,
Prince, dit Andramire, a-
dieu, vous méritez un ſort
plus heureux : Quoi ! Ma-
dame, vous m'allez quitter?
dit Adoniſtus, en la voulant
retenir ; mais Andramire
s'échapa de ſes mains, il
l'eut bien - tôt perdu de
vûë.

Il reſta long tems ſans
avoir la force de ſortir du
cabinet, où il venoit d'entendre tant de choſes qui
le combloient de douleur
& de joie : Il n'avoit pas
avancé

avancé cinquante pas dans
l'allée qui alloit du cabinet
au parterre, qu'il apperçut
à la clarté de la lune quelque chose qui brilloit au
milieu d'une allée, il avança
pour voir ce que c'étoit : il
vit un homme qui couroit
pour le prévenir, & ayant
reconnu que c'étoit Amin-
dor, & que ce qu'il cher-
choit étoit une boëte de
portrait garnie de diamans,
il ne douta point que ce fût
celui d'Andramire ; & en
étant plus près qu'Amindor,
il la ramassa. La boëte que
vous prenez là est à moi,
dit Amindor ; Je ne sçai à
qui elle est, repartit Ado-

M

nistus, transporté de colére
à la vûë d'un rival qui alloit
être heureux, mais je sçai
bien qu'il ne sera pas aisé de
me l'ôter : Celui qui vous
la demande avec douceur,
repliqua Amindor, sçaura
bien vous la faire rendre par
force. Ces deux Princes,
ayant mis en même tems
l'épée à la main, commen-
cérent un combat qui fut
long & opinâtre ; enfin, A-
donistus ayant passé son épée
au travers du corps du Roi
d'Aden, le fit tomber par
terre : La vûë de ce Prince
mourant lui ôta toute sa colére ; il courut au Palais dire
qu'on vînt secourir Amin-

dor qui s'étoit trouvé mal
dans l'allée des fontaines,
& enſuite il ſe retira dans
la Ville pour ſe dérober à
la colére du Roi, qu'il pré-
voyoit bien devoir être grande, elle le fut en effet.
Le Roi fit chercher par tout
Adoniſtus, voulant ſe venger
de l'outrage qu'il lui avoit
fait de ſe battre contre un
Roi qui alloit être ſon gen-
dre, & à la porte de ſon
Palais. Les Chirurgiens a-
yant viſité la plaie d'Amindor, & levé le premier
appareil, dirent que ſa vie
ne couroit aucun riſque.

La Princeſſe Andramire pé-
nétrée de douleur de ce der-

nier accident, qui lui faisoit
craindre la colére du Roi
pour Adoniftus, ne fçavoir
ce qu'il étoit devenu, &
quoiqu'elle dût fouhaiter de
ne le plus voir, elle regardoit fon abfence comme le
plus grand de tous les malheurs, déteftant la perfide A-
rianite qui ne la quittoit
point. Elle n'étoit occupée
que d'Adoniftus, & le voulant
bannir de fon cœur, elle plaignoit la deftinée de ce Prince
& la fienne, qui leur faifoit apprendre l'inclination qu'ils
avoient l'un pour l'autre,
dans le tems qu'ils alloient
être féparés pour toujours. Ne
voyant aucun reméde à fes

malheurs, elle tomba dans u-
ne langueur qui lui laiſſoit à
peine la force de ſe ſoû-
tenir. Le Roi ſon pere la
mena ſouvent dans la chambre d'Amindor ; mais elle
prenoit prétexte ſur le repos dont ce Prince avoit
beſoin, pour n'y pas demeurer long-tems ; Arianite venoit toujours dans la chambre d'Amindor avec elle :
mais ce Prince qui vouloit lui
parler en particulier, n'en
pouvant trouver l'occaſion,
lui envoya dire qu'il avoit
une affaire de conſéquence
à lui communiquer, & qu'il
la prioit de venir le voir
ſeule; Arianite eût bien voulu

s'en diſpenſer ; mais, croyant qu'il ne falloit rien négliger dans la conjonctu-re préſente , elle ſe rendit ſur le champ auprès de lui: Madame, dit Amindor, d'une voix foible , j'ai caché au Roi & à toute la Cour, le ſujet de mon combat avec Adoniſtus ; il n'y a que vous à qui je veux le découvrir, afin que vous voyiez par la diſcrétion que j'ai eu , que je mérite le pardon du cri-me que j'ai commis : C'eſt votre portrait, Madame, que j'ai eu l'audace de faire faire à votre inſçu, qui a été mon unique conſolation dans toutes

les rigueurs que vous m'a-
vez fait ſentir, & qui a été
cauſe de la querelle que j'ai
eu avec cet heureux rival,
qui n'étant pas content de
me ravir votre cœur, m'a
encore voulu ôter votre
portrait. Comme il finiſſoit
ces paroles, on lui dit qu'un
inconnu venoit d'apporter un
paquet qu'il avoit dit être
d'importance, & qu'il avoit
recommandé de donner au
Roi d'Aden ſans retarde-
ment: Amindor ayant ouvert
ce paquet, il y trouva le portrait d'Arianite avec ce billet qu'il lut tout haut.

LETTRE

d'Adonistus à Amindor.

*V*OUS *jugerez aisément
de la surprise où j'ai été
de trouver dans cette boëte le portrait d'Arianite,
que je vous renvoye ; si
vous ne me disputiez que le
cœur de cette Princesse, vous
n'auriez point de meilleur ami
qu'*ADONISTUS.

Que dites-vous, Madame,
de ce billet ? dit Amindor
en regardant Arianite avec
des yeux pleins d'indigna-
tion. Je dois, Seigneur,
répondit-

répondit - elle, en cachant
le mieux qu'elle put ſon
embarras, que vous venez
de découvrir ce que votre
interêt m'avoit obligé de
vous cacher; Adoniſtus ne
m'a jamais aimé, il a toujours
été amoureux d'Andramire;
mais ſi vous euſſiez connu
ſes ſentimens, & la tran-
quillité de mon cœur, vous
euſſiez perſiſté dans le deſſein de me plaire; votre
main étoit engagée à la Princeſſe Andramire, je ne pouvois la lui ravir ſans crime;
la colére d'un Roi étoit à
craindre, je me ſuis ſervie
d'un innocent artifice pour
prévenir tant de malheurs :

N

Votre deffein pouvoit être
bon, repliqua le Roi d'A-
den ; mais il eft difficile,
Madame, que j'en puiffe ê-
tre pleinement perfuadé ; je
vois, peut-être plus clair
que vous ne voulez, mais,
malheureufement, c'eft bien
tard. Arianite fe retira après
ces paroles ; & n'étant occupée que des ennemis qui
pouvoient fuivre ceux qui
venoient d'arriver, elle crut
qu'il étoit néceffaire pour les
prévenir, que Narbofan fût
inftruit de tout ce qui s'étoit
paffé : Ce Prince étoit caché
à une lieuë de Lamecque,
dans un Château qui appar-
tenoit à un homme entiere-

ment dévoüé à la Princeſſe
Arianite; elle lui avoit aſ-
ſuré cette retraite; en cas
que l'entrepriſe qu'il avoit
fait d'enlever Adramire, eût
manqué.

Le Roi qui avoit fait courir
après le raviſſeur, n'en ayant
point eu de nouvelles, avoit
cru qu'il s'étoit ſauvé dans
l'Arabie déſerte. Arianite
écrivit à Narboſan le combat d'Adoniſtus contre le
Roi d'Aden, qu'elle étoit
perſuadée qu'Adoniſtus é-
toit reſté déguiſé dans Lamecque, qu'il étoit ſûr qu'il
mettoit tout en uſage pour
voir Adramire, qu'elle s'in-
téreſſoit trop à ſon amour,

pour manquer de lui donner
un avis si important; que c'é-
toit à lui à prendre là-des-
sus les mesures que sa passion lui inspireroit, & qu'il
n'étoit peut-être pas impos-
sible qu'il n'exécutât heu-
reusement le projet qu'il a-
voit déja manqué : Elle char-
gea de cette lettre le maître de la maison où étoit
Narbosan ; ce Prince la lut
avec un plaisir infini ; les
espérances qu'elle lui faisoit
concevoir, la joye du malheur d'Adonistus, achevé-
rent de le guérir : Il répondit à Arianite qu'il alloit
profiter de ses conseils.

Adonistus ne pouvant plus

vivre ſans voir Andramire,
& dans l'inquiétude de ſça-
voir ſes ſentimens ſur ſon
combat avec Amindor, fit
déguiſer Ariſton pour aller
chercher un Garde à qui il
avoit ſauvé la vie, & fait
donner ſon emploi ; cet
homme n'eut pas plûtôt reconnu Ariſton, qu'il courut
à la maiſon où étoit le Prince : Seigneur , lui dit - il,
je vous dois la vie & l'honneur, diſpoſez - en comme
de votre bien. Adoniſtus
l'embraſſa, & lui dit que le
ſervice qu'il vouloit de lui,
étoit fort aiſé ; que c'étoit
de rendre un billet à Hérenice, & de lui en rappor-

N iij

ter la réponse; & lui ayant donné sa lettre, & en même tems un diamant de grand prix, le Garde alla droit au Palais; il trouva Hérenice qui traversoit la gallerie pour aller chez Andramire, il lui donna la lettre d'Adonistus; Hérenice comprit ce que c'étoit, & s'étant approchée d'une fenêtre, elle vit qu'elle lui étoit adressée; l'ayant décachetée, elle trouva ce billet pour elle, & une lettre pour la Princesse.

BILLET

d'Adonistus à Hérenice.

*SI je vous connoissois moins,
je craindrois que vous ne
pussiez abandonner un Prince
malheureux, mais je n'ai point
ce soupçon de la généreuse Hérenice ; & je croi que vous ne
me refuserez pas la grace de
rendre ce billet à la Princesse,
& que vous employerez vos prié-
res pour m'en obtenir la réponse.*

Hérenice ayant fait signe
au Garde qui l'attendoit,
passa promptement dans

N iiij

l'appartement d'Andramire, & l'ayant trouvé éveillée : Je vous apporte des nouvelles , Madame , lui dit-elle. Eh ! de qui ? répondit Andramire : Vous le devinez bien , Madame , lui dit Hérenice ; vous ne croyez pas Adonistus si loin de la Cour que vous en faites semblant : Eh ! quand il y feroit encore , répondit tristement Andramire , en ferois-je plus heureuse ? Lisez ce qu'il vous écrit , repartit Hérenice , en lui préfentant la lettre d'Adonistus : Andramire y trouva ces paroles.

JE viens vous demander, Madame, la punition du crime que j'ai commis, ſi c'en eſt un de m'être défendu d'un rival trop heureux, qui vouloit me ravir un portrait que le Ciel venoit de me mettre entre les mains; il eſt néceſſaire, Madame, que vous ſçachiez cette avanture, qui eſt ſi ſinguliere, que j'ai moi-même peine à la comprendre; elle peut être importante à votre deſtinée & à celle d'Adoniſtus qui en eſt inſéparable : Je vous demande donc, Madame, la permiſſion d'aller vous l'apprendre, c'eſt la premiere grace que je vous ai demandé, & ce ſera la derniere.

*si j'ai eu le malheur de vous
déplaire , car j'en mourrai de
douleur à vos pieds.*

Non, je ne le verrai point,
dit Andramire , les yeux
moüillés de larmes ; je plains
ses malheurs , je les partage
même avec lui , je n'ai pas
la force de lui vouloir du
mal de s'être battu contre
Amindor ; mais mon cœur
ne me fera rien faire que me
puisse reprocher ma vertu :
Quoi ! dans le tems que je
vas donner la main au Roi
d'Aden , lui jurer une foi
éternelle , je donnerai un
rendez-vous à son rival ! Et si
ma vertu pouvoit être ébran-

lée par mon amour, cet amour
même ne me défendroit-
il pas d'expofer Adoniftus
à la fureur du Roi ? Tu
fçais le foin avec lequel il
le fait chercher ; la méchan-
ceté d'Arianite t'eft connuë,
elle n'ignore pas la paffion
qu'Adoniftus a pour moi, elle connoît peut-être la mienne, elle ne doutera point que
ce Prince ne mette tout en
ufage pour me voir ; & elle
peut juger que s'il y paroît,
toutes ces trahifons feront
découvertes : Dois-je douter des foins qu'elle prend
à m'épier ? Si je voyois le
Prince, elle en feroit fûre-
ment avertie, en inftruiroit

le Roi; on nous surpren-
droit ensemble : Quelle
tache pour ma réputation !
Et pour comble d'infortune,
je verrois Adonistus livré à
toute la colére de mon
pere. Hérenice n'avoit point
voulu s'opposer aux pre-
miers mouvemens d'An-
dramire, mais, voyant qu'-
elle avoit cessé de parler :
Madame, lui dit-elle, tout
ce que vous pensez est juste,
mais on peut empêcher
tous les malheurs que vous
prévoyez; il n'est pas im-
possible que vous ne puissiez
vous dérober à la vigilance
des soins d'Arianite; vous
pouvez voir en sûreté Ado-

niſtus dans un cabinet du Parc ; votre vertu s'allarme mal à propos de ce rendez-vous : quel crime commet-triez - vous en accordant à ce Prince de vous voir encore une fois, puiſque vous ne lui accorderez cette grace, que pour lui ordonner de s'éloigner de vous ? Si vous refuſez de le voir, il ne ſe réſoudra jamais à ſortir de la Cour, qu'il n'ait la foible conſolation de vous dire adieu ; il vous ſuivra partout, & voudra du moins devoir à la fortune ce que vôtre cœur a la cruauté de lui refuſer : Mais, que dis-je ? Croyez-vous qu'il puiſſe

se résoudre à vous quitter ?
Il en formera envain le des-
sein, il n'aura pas la force
de l'exécuter, si vous ne le
confirmez vous-même dans
cette résolution ; montrez-
lui le danger que vous cou-
rez tous deux ; enfin ordon-
nez-lui de s'éloigner de
vous ; mais, si, en refusant
de le voir, vous l'obligez à
s'exposer à en chercher malgré vous les occasions, &
que le Roi votre pere le
surprenne, vous vous repen-
tiriez alors, mais trop tard
d'avoir eu trop de rigueur : Si
je pouvois ajoûter quelque
chose à des raisons si fortes,
je vous demanderois, Ma-

dame, ſi vous ne faites nulle réflexion ſur ce qu'Adoniſ-vous mande; n'avez-vous aucune curioſité d'apprendre l'hiſtoire de ce portrait? Ne ſentez-vous plus nulle répugnance à donner votre main à Amindor? Et voulez vous perſuader à Adoniſtus, en négligeant l'avis qu'il vous donne, que c'eſt vous qui l'abandonnez? Que vous ai-je fait, Hérenice, pour vous obliger à aider mon amour à triompher de mon devoir? Hélas! Cet amour tout ſeul n'eſt que trop fort; de quoi me ſervira de voir Adoniſtus? Ma vûë aigrira ſes douleurs &

les miennes, je n'en mourrai pas moins, j'en mourrai
plus coupable; cependant
je ne peux plus refuser de
voir ce Prince, je céde à
vos raisons; mandez-lui que
vous avez vaincu la réso-
lution que j'avois prise de
ne le point voir; instruisez-
le du lieu où il doit se rendre, & les précautions qu'il
doit prendre pour ne point
être reconnu : Je vais faire
ce que vous souhaitez, répondit Hérenice; & ayant
consulté avec Andramire
sur l'heure, & le lieu qu'-
elle prendroit pour voir le
Prince, elle résolut que ce
seroit à dix heures, pendant
le

le fouper du Roi, d'où elle
fçavoit qu'Arianite ne pouvoit fortir, & qu'elle fein-
droit d'être malade pour n'y
point aller, & fe tiendroit
tout le jour au lit. Hérenice
écrivit enfuite ce billet.

*LA Princeffe a enfin con-
fenti à vous voir, elle s'eft
renduë à vos prieres & aux
miennes; trouvez-vous ce foir
à dix heures à la porte du Parc
qui eft proche de mon appartement; j'irai vous trouver, &
vous conduirai au cabinet des
bains où vous trouverez la
Princeffe.*

O

Hérenice étant retournée
dans la gallerie chercher le
Garde, lui donna la lettre
pour Adoniſtus, il ne tarda
pas à la lui rendre:Ce Prince
l'ouvrit avec un trouble qui
lui laiſſoit à peine la force
de la lire; des tranſports de
joye ſuccedérent à la crainte,
quand il penſoit qu'il verroit
la Princeſſe; il oublioit tous
ſes malheurs; & quoiqu'-
elle ne lui eût point écrit
de ſa main, il ne pouvoit
s'en plaindre, connoiſſant
la ſincérité de ſa vertu. Andramire de ſon côté n'étoit
pas moins occupée du plai-
ſir qu'elle ſentoit à penſer
qu'elle verroit encore Ado-

niſtus; elle ſe mit au lit;
le Roi ayant ſçû qu'elle é-
toit malade, la vint voir;
& Arianite qui ne la quittoit plus d'un moment de-
puis la bleſſure du Roi d'A-
den, reſta tout le jour auprès d'elle, & ne s'en ſé-
para que pour aller ſouper
avec le Roi. Andramire s'é-
tant levée, alla avec Hé-
renice au cabinet des bains,
elle étoit toute tremblante
de la démarche qu'elle faiſoit; Hérenice l'ayant laiſ-
ſée dans le cabinet, alla
ouvrir la porte du Parc: A-
doniſtus y étoit déja qui attendoit. L'agitation d'Andramire augmenta quand

O ij

elle vit Hérenice qui amenoit le Prince ; il fe jetta
à fes genoux, ne pouvant
parler , tant il fentoit de
joye & de douleur , il
refta long-tems immobile ;
enfin, revenant à lui : Madame, lui dit-il, je ne dois
plus me plaindre de mes
malheurs, puifqu'ils ont fçû
vous toucher, & ma mort
doit être enviée par mon
heureux rival.

Prince, répondit Andra-
mire, ne parlez point du Roi
d'Aden ; c'eft trop pour
moi de ne vous pas reprocher
que vous avez penfé lui
ôter la vie ; il va être mon
époux ; il n'eft plus entre

nous d'entretiens légitimes;
& ſi j'ai conſenti à celui
que j'ai aujourd'hui avec
vous, c'eſt pour vous obliger à vous éloigner de moi :
Partez, Prince, ne m'al-
larmez plus par le danger
perpetuel où je vois votre
vie. Quoi ! Madame, vous
ne me parlez que d'Amin-
dor, & de vous quitter ? Je
ne me défends point d'obéïr
à vos ordres; je vais pour
jamais m'éloigner de vous,
mais au moins témoignez
quelque compaſſion du malheur qui m'accable : n'avez-
vous pas ſeulement la curioſité de vous informer de
l'hiſtoire du portrait ? Rien

n'eft capable de changer ma
deftinée, dit triftement Andramire : Mais, Prince, inf-
truifez-moi d'une chofe que
j'aurois déja demandée fi
j'étois moins occupée de ma
douleur. Adoniftus raconta
à Andramire l'avanture du
portrait : Nous ne fommes
pas les feuls trahis, reprit
Andramire, je croi qu'A-
mindor l'a auffi été, & je
ne doute point qu'il n'aime
Arianite ; mais quand il l'aimeroit, qu'aurois-je à lui
reprocher ? Moi qui ne peux
craindre la foibleffe de mon
cœur : Nous allons peut-
être, entraînés l'un & l'autre à l'Autel, nous donner

à regret notre foi ; mais enfin nous ferons unis, & je
ne pourrai plus fans cri-
me abandonner mon cœur
au panchant qu'il a pour
vous ; mon devoir m'ordon-
nera de vous oublier, n'attendez point un ordre fi cruel,
épargnez-moi la douleur de
vous le prononcer ; fortez
d'un lieu où vous ne pourrez
être heureux : puifliez-vous
l'être ailleurs ! Ah ! Madame,
où trouver le bonheur dont
vous me parlez ? En vous
perdant, je l'ai perdu pour
toujours, je n'en connois plus
où je puifle afpirer ; je ne
fouhaite plus que la mort,
& j'envais chercher une di-

gne d'un homme qui vous
adore ; si je peux encore
vous demander quelque grace, ne me refusez pas la
consolation de me dire que
vous penserez quelquefois
au tendre amour que j'avois
pour vous; mais oubliez mes
malheurs, qu'ils n'augmentent point les vôtres. Ai-je
mérité ce reproche ? Prince,
dit Andramire : Pouvez-
vous penser que je puisse
sans émotion regarder votre
peine ? Vous croyez-vous
seul à plaindre, & seul malheureux ? Adieu, votre préfence augmente ma douleur,
vous m'arrachez malgré moi
des marques de ma tendresse

ſe, dont je rougis : Partez, Prince, dit-elle, en cachant de ſa main les larmes qu'elle ne pouvoit retenir. Partez, je vous l'ordonne par le pouvoir que j'ai ſur votre cœur. Elle ſe leva après ces paroles.

Adoniſtus étoit ſi troublé, qu'il ne fit aucun effort pour la retenir ; Hérenice l'ayant obligé de ſortir du cabinet, le conduiſit à la porte du Parc. Elle ne l'eut pas plûtôt quitté, qu'elle entendit du bruit, & vit que quatre hommes l'attaquoient ; les cris qu'elle fit, firent venir Andramire ſur ſes pas, & furent entendus du Palais : On vint à

P

son secours , ou plûtôt à
celui d'Adonistus. Le combat venoit de finir. Ado-
nistus appuyé contre la mu-
raille, s'étoit si bien défendu , qu'il avoit tué deux des
assassins qui l'attaquoient;
& ayant porté un coup dans
le côté du troisiéme qui pa-
roissoit plus brave & plus fu-
rieux que les autres, il l'a-
voit jetté par terre ; le quatriéme s'étoit enfuï. Le Roi,
Amindor qui étoit guéri de sa
blessure, Arianite & la Princesse Belenie, ayant entendus
aussi le bruit, sortirent de
table, & descendirent dans
le jardin, comme on appor-
toit Narbosan , & qu'on

amenoit Adoniſtus dont on
s'étoit ſaiſi. Andramire ſuivoit ces Princes toute en
pleurs : Seigneur, dit-elle,
en ſe jettant aux genoux du
Roi, c'eſt moi que vous devez punir, & non pas A-
doniſtus ; s'il eſt criminel à
vos yeux, c'eſt l'amour qu'il
a pour moi qui en eſt cauſe;
ayant enſuite conté toutes
les trahiſons d'Arianite, l'a-
vanture du portrait qui avoit
cauſé le combat d'Adoniſ-
tus & du Roi d'Aden, enfin
le billet qu'Adoniſtus lui
avoit écrit : Je n'ai conſenti à
voir ce Prince, Seigneur,
lui dit-elle, que pour le
bannir pour toujours : il con-

fentoit à cet exil, nous ve-
nions de nous dire un adieu
éternel, & dans le même
inftant il a été attaqué par le
cruel Narbofan. Le Roi qui
avoit laiffé parler la Princeffe, alloit lui répondre,
lorfque Narbofan qui n'a-
voit point voulu qu'on l'em-
portât d'auprès d'Andramire, fit figne qu'il avoit quelque chofe à dire : Seigneur,
dit-il, en s'adreffant au Roi,
profitez du peu de tems qui
me refte à vivre pour fçavoir la caufe de mes crimes;
vous apprendrez des véri-
tés qu'il vous importe de
fçavoir : Il conta d'une voix
foible, & en peu de paroles

les commencemens de fon
amour pour Andramire, &
comment Arianite s'étoit atti-
rée fa confiance, les confeils
qu'elle lui avoit donnés, comment elle lui avoit fait former
le deffein d'enlever Andramire, la lettre qu'elle lui avoit
écrite pour lui faire connoître une feconde fois ce deffein
& que c'étoit pour l'exécuter; qu'ayant découvert l'en-
trevûë d'Adoniftus & d'Andramire, efpérant du moins
fe défaire du plus dange-
reux de fes rivaux, il étoit
venu, lui quatriéme, l'attendre à la porte du Parc; que
la valeur de ce Prince l'a-
voit fait triompher du nom-

bre de ſes aſſaſſins : Je meurs
de ſa main, dit-il, & loin
de m'en plaindre, je recon-
nois la juſtice du Ciel, qui
n'a pas permis que tant
de crimes demeuraſſent im-
punis ; je ſerois mort avec
regret, ſi je n'avois pû vous
apprendre la part qu'Arianite a dans les miens : La
force me manque ; adieu,
Madame, lui dit-il, en ſe
retournant vers Andramire,
pardonnez - moi les maux
que je vous ai faits ; enſuite
regardant les gens qui le
portoient, il leur dit que
pour derniere grace, il les
prioit de le mettre dans un
lieu où il pût expirer ſans

témoins. Vous n'étes pas encore aſſez inſtruit, Seigneur, dit Amindor, ſuſpendez votre jugement juſqu'à ce que vous connoiſſiez les ſentimens de mon cœur; il a brûlé pour Arianite. Il conta enſuite tout ce qui s'étoit paſſé entre lui & la Princeſſe : Vous voyez, Seigneur, lui dit-il, que je ne ſuis pas digne de poſſéder la Princeſſe Andramire; & quand je pourrois la mériter, je ne voudrois pas la rendre malheureuſe : mais, Seigneur, ſi vous pouviez encore me faire la grace de m'écouter, je vous prierois de faire réflexion au mérite

d'Adoniftus ; je me trouve-
rois bien heureux, fi je pouvois obtenir le pardon des
peines que j'ai caufées à la
Princeffe & à ce généreux
Prince, & contribuer à leur
bonheur.

Adoniftus s'étant dans
ce moment jetté aux pieds
du Roi, il le releva avec
beaucoup de tendreffe : Je
dois être honteux, lui dit-il
en l'embraffant, d'avoir per-
fécuté un homme à qui j'ai
tant d'obligation : Mais,
Prince, lui dit-il, vous a-
viez penfé ôter la vie à un
Roi, que je regardois comme mon fils ; & vous voyez
par la générofité de fes fen-

timens, qu'il méritoit mon
amitié & mon eftime : ou-
bliez donc ma colére; &
moi, me fouvenant que
vous m'avez donné la vie,
rendu la liberté à Andramire, & confervé le Trône,
je vous y fais monter avec
elle; & vous donnant mon
Royaume & ma fille, je
croi vous devoir encore
beaucoup. Gardez le Trô-
ne, Seigneur, répondit A-
doniftus, je ne fouhaite
qu'Andramire; j'apprendrai
à régner en vous voyant
gouverner vos Peuples.

Andramire remercia le
Roi d'une façon fi touchante, qu'il en fut attendri :

Seigneur, dit le Roi d'Aden,
au milieu de la joye publi-
que, ſi je pouvois encore
eſpérer de la partager, en
épouſant une Princeſſe de
votre ſang, & que Belenie ne
me crût pas indigne d'elle,
il y a long-tems que je ſens
pour cette aimable Princeſſe une eſtime parfaite ; &
l'horreur que j'ai pour Arianite, ayant effacé entierement la tendreſſe que j'ai
eu pour elle, je me croirois
heureux, ſi la Princeſſe Belenie vouloit accepter mon
cœur & ma main. Le Roi
fut ravi de cette propoſi-
tion ; & ayant demandé à
Belenie ſon conſentement,

elle le donna avec une joye qui parut malgré sa modestie. Pour vous, Madame, dit le Roi à Arianite, que son trouble, sa rage & sa honte, avoient renduë immobile, sortez, que je ne vous voye jamais; & vivant éternellement dans une prison, expiez-y dans la douleur les crimes que vous avez commis. Andramire qui avoit un cœur généreux, ne put voir sans pitié le malheur d'une personne qu'elle avoit tant aimée; Seigneur, dit-elle, en s'adressant au Roi, accordez-moi la grace de cette Princesse, elle est assez punie

de voir mon honheur; ren-
dez-lui ſes Eſtats, qu'elle
aille y paſſer le reſte de ſa
vie.

Le Roi eut peine à y
conſentir; enfin, elle ſe retira plus fâchée de devoir à
la Princeſſe l'adouciſſement
de ſes peines, que ſi elle
eût reçû la mort.

On envoya un Courier
au Roi de Lybie, lui de-
mander ſon conſentement
& celui de la Reine, pour
le mariage d'Adoniſtus &
d'Andramire; il fut célébré
avec une magnificence ex-
traordinaire, auſſi bien que
celui du Roi d'Aden &
de Belenie. Le Roi voulant

abſolument remettre ſon Royaume entre les mains d'Adoniſtus, il le fit couronner avec la Princeſſe Andramire.

F I N.

Q

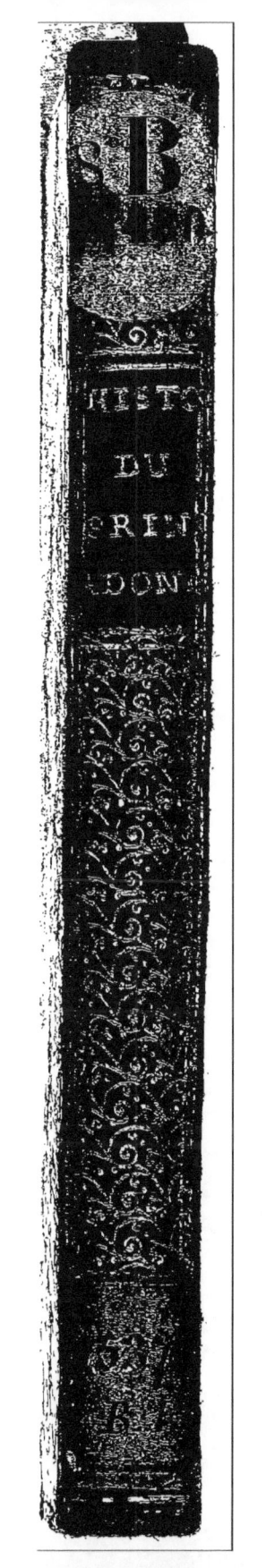

B

HISTO
DU
FREN
DON

www.ingramcontent.com/pod-product-compliance
Lightning Source LLC
Chambersburg PA
CBHW070840030726
47504CB00005B/1171